KB095988

타이니 리틀 히어로즈

타이니 리틀
히어로즈

강 동 섭 에 세 이

추천사

~~~

김용민 (국회의원)

강동섭 작가님이 옆에서 좋은 목소리로 이야기하고 있는 듯 편안하면서도 깊이가 있는 책, 『타이니 리틀 히어로즈』 출판을 진심으로 축하드립니다. 작가님처럼 멋있는 책입니다.

항상 활력 넘친 모습만 접한 저로서는 암을 이겨낸 분일 거라고 상상을 못 했습니다. 이 책을 통해 작가님의 삶을 새롭게 이해할 수 있었고, 암이라는 고통을 이겨낸 에너지도 느낄 수 있었습니다. 사회가 건강해야 개인도 건강해지고, 개인이 건강해야 사회도 건강해진다는 지극히 당연한 이치를, 우리의 삶과 사회의 관계를 이 책을 통해 다시 한 번 생각하게 되었습니다.

머릿속이 복잡하고 어수선해질 때 삶의 희망을 줄 수 있는 책 『타이니 리틀 히어로즈』를 권합니다. 생존 자체가 절박해진 대한민국에서 건강하게 살아갈 수 있는 새로운 용기를 얻을 것입니다. 좋은 책을 이 세상에 탄생시킨 작가님께 다시 한 번 감사드립니다.

장주연(작가)

세상에 가짜 뉴스, 가짜 상품, 가짜 웃음, 가짜 얼굴…. 온통 가짜들이 기승을 부리다 보니 진짜를 만나면 더없이 반가운 마음이 든다. 이 책을 통해 진짜 인간 강동섭을 만났다. 죽음의 문턱을 수차례 넘나들고, 산 정상을 향해 무수히 오르며, 완판 행렬을 향해 부단히 달리는 동안 최고일 때나 최악일 때나 그의 삶은 한결같이 최선이었다.

당장의 이익과 이기심을 멀리하고 부조리와 인간성 상실에 대해 목소리를 높이는 의식 있는 모습에서 이 사회의 진정한 영웅이자, 행동하는 철학자다움을 느꼈다. 스타 쇼호스트인 그가 팔면 뭐든 사고 싶지만, 그의 긍정과 열정, 남다른 경험, 때론 바보처럼 빈틈을 보여주는 듯한 환한 미소를 사고 싶어진다.

좀 더 용기 있고 책임감 있는 모습으로 살아가길 꿈꾼다면, 웃을 일 없이 고난과 역경에 지쳐 있다면, 이 책을 통해 뜨거운 심장을 이식받을 것이다. 오늘도 마지막 날인 듯 살아가는 그에게서….

이정모 (전 국립과천과학관장)

누구에게나 기회와 위기가 온다. 기회는 활용하고 위기는 회피해야 하지만 우리는 찾아온 기회를 눈치채지 못해 지나치기도 하고, 닥친 위기를 디딤돌로 삼기도 한다. 그리고 그것을 결정하는 것은 삶에 대한 태도, 세상을 대하는 자세다.

N잡러인 저자 강동섭의 책을 읽는 내내 나는 웃었다. 암에 걸렸다는 대목에서도, 방송에서 웃다가 야단맞은 에피소드에서도 웃었다. 웃겼다. 그는 힘든 일을 웃기게 이야기하는 사람이다. 쇼호스트에 최적화되어 있다. 그가 하는 이야기는 뭐든 재밌게 들을 수 있으니까. 어떻게 이런 게 가능할까?

스무 편의 에세이는 아주 개인적인 이야기를 담았지만 영화와 책을 인용하면서 그 이야기를 저자 개인의 것에 한정시키지 않고 독자의 이야기로 만들기 때문이리라. 강동섭의 사유 속에서 나를 발견하게 된다. 그러면서 자신을 반추하고 내가 세상을 어떻게 대해야 하는지 생각하게 된다. 에세이는 후반부로 갈수록 넓어지고 깊어진다. 결국 마지막에는 기후 문제를 고민한다.

왜? 기후 위기야말로 전 인류에게 닥친 심각한 문제이기 때문일 것이다. 우리는 여섯 번째 대멸종을 향해 가고 있다. 지구를 위해서 후손을 위해서가 아니라, 우리 자신을 위해 이 문제를 극복해야 한다. 에세이는 해결법을 제시하지 않는다. 하지만 우리가 가져야 할 태도를 알려준다. 많은 사람이 함께 읽고 나누기를 바란다. 강추!

김나운 (배우)

모든 게 야속하리만치 너무나 빠르게 변하는 요즘, 그저 앞만 보고 달리다 보니 거울 속 내 모습이 한없이 낯설고, 한편으로는 위로가 절실히 필요하진 않으신가요? 저와의 인연이 벌써 20년인 내 동생 강동섭의 에세이가 이 봄에 찾아왔습니다. 그의 삶을 가까이서 지켜본 누나로서 기대감을 가지고 펼쳐 보았답니다.

그가 써 내려간 글은 역시나 그를 닮아 맑으면서 뜨거운, 신기한 책이었어요. 동생이지만 이렇게 진정성 있는 삶의 자세는 닮고 싶네요. 잠시 차 한잔하면서 나를 위한 시간에 『타이니 리틀 히어로즈』와 함께하시면 어떨까요? 마음을 열고 첫 페이지를 펼쳐주시겠어요? 분명 아름다운 글과 함께하실 거예요. 그리고 여러분도 헤헤헤 웃고, 살짝 코끝이 찡하다가, 소매를 걷어붙이고 벌떡 일어나게 될 거예요.

강동섭의 왕누나 김나운이 추천합니다. 햇살 좋은 봄날에….

| 차례 |

암, 앎

"암입니다. 수술해야 해요."

내 나이 마흔하나였다.

나는 당당한 남자였다. 어릴 때부터 공부를 잘했고 운동도 잘했다. 프라이드가 하늘을 찔렀다. 쇼호스트라는 괜찮은 직업도 가졌다. 술, 담배는 하지 않고 여러 가지 운동도 수준급으로 즐기며 몸 관리를 했다. 암벽 등반, 축구, 마라톤, 자전거, 스노보드…. 어느 하나 빠지지 않았다.

건강엔 자신만만했기에 몇 년 동안 건강검진도 받지 않았다. 그러던 중 입사 동기 쇼호스트의 잔소리 때문에 검진을 받았다가 암이 발견되었다. 검진 뒤 급한 연락을 받고 달려간 병원에서 담당 의사는 자신에게는 늘 있는 평범한 일상이라는 듯 무미건조한 말투로 통보를 했다. "암입니다. 수술해야 해요."

짜증과 화가 확 치밀어 올라왔다. 두 가지 이유에서였다. 일단은 의사의 태도 때문이었다. 드라마에서 보면 환자가 받을 충격에 대비해 뭔가 밑밥을 깔지 않던가? 첫마디부터 "암입니다." 하는 의사가 어디 있는가?

두 번째는 '내가 왜? 왜 벌써?' 때문이었다. 할머니도 엄마도 암으로 돌아가셨던 터라 내게도 언젠가는 이런 일이 닥칠지 모른다는 불안감은 있었다. 그래도 마흔하나밖에 안 되었는데 암이라니. 이건 너무하는 거 아닌가?

암 선고를 받으면 대개 죽음이라는 최악의 결과를 떠올리며 극한의 공포에 사로잡히고 수만 가지 상상을 하게 된다고 한다. 누군가는 "전에는 먼 수평선쯤에 머물던 죽음이 이제는 우리 집 거실에 들어와 머물고 있다."고 했다.『사후생』,『죽음과 죽어감』의 저자 엘리자베스 퀴블러 로스는 죽음을 부정, 분노, 타협, 우울, 수용의 다섯 단계로 분류했는데 나는 바로 분노로 넘어간 것이다. 그런데 지금 생각해도 신기한 것이 그 분노의 단계는 단 30분 만에 종료되었다.

그때까지 나는 천성이 그래서인지, 너무 하고 싶은 거 다 하고 살아서인지 몰라도 인생이 행복했다. 주변 사람들이 "넌 지금 죽어도 여한이 없을 것 같아."라고 할 정도였으니까. 마흔을 넘기면서 나이 먹어 방송에서 은퇴하면 무엇을 할까 생각하다 자연스럽게 '행복전도사'에 관심이 꽂혔다. 외국에 나가서 행복학을 공부하고(실제로 미국 대학원도 알아보고 있었다) 학위를 받아와서 대한민국에 행복을 전파해야겠다는 꿈을 꾸었다. 그러다 암 선고를 받은 것이다.

분노의 단계에 들어서고 30분 만에 문득 '행복전도사를 하려면 인생의 희로애락, 쓴맛 단맛을 다 봐야 할 텐데…. 경제적으로는 바닥을 쳐봤고, 이제 건강으로 바닥을 쳤다가 짜잔~ 하고 회복하면 오잉? 행복전도사가 되기 위한 완벽한 스펙을 갖추게 되는 거 아냐? 암 극복 스토리, 좋잖아~.'라는 생각이 떠올라 분노가 눈 녹듯이 사라졌다. 사람 참 단순하지…. 이제 짜잔 하고 회복만 하면 되었다.

"저는 왜 암에 걸린 건가요? 가족력인가요?"

"위암은 거의 100% 스트레스가 원인입니다."

"저는 스트레스를 받는 성격이 아닌데요?"

"사람들이 흔히 정신적 스트레스만 생각하는데 몸이 받는 스트레스도 만만치가 않습니다."

정말 그랬다. 생방송으로 진행되는 홈쇼핑 생활을 16년 동안 하면서 제때 자고 제때 일어난 적이 없었다. 매일 자고 일어나는 시간이 다르고 밥 먹는 시간마저 들쑥날쑥이었다. 밤샘도 밥 먹듯했다. 힘들었지만 젊기에 버틸 수 있었다. 그런데 그게 몸 안에 계속 쌓였던 거다.

바로 회사로 돌아와 통보를 했다. "암이래요. 수술하고 회복하고 올게요." 그랬더니 선배 몇이 쓰윽 오더니 "나도 몇 년 전에 뭐 하나 떼냈어." 한다. 암 수술을 한 쇼호스트가 몇이나 더 있었던 거다. 나중에 알고 보니 PD, MD들도 그랬다. 결국에는 암으로 죽은 쇼호스트 후배도 있었다. 결코 좋은 직장이 아니었다. 회복한 뒤에 녹화 방송을 하는 신세계쇼핑으로 이직한 이유다.

가족들에게도 알렸다. 동생은 외과의사다. 저한테 왜 먼저 물어보지 않았냐고, 왜 병원을 몇 군데 더 안 가보고 그 쪼끄마한 병원(여의도성모병원)에서 수술을 잡았냐고 펄쩍 뛴다. 담당 의사가 누구냐고 제가 알아보겠단다. 5분 만에 전화가 왔다. "형, 그분한테 수술 받아. 우리나라에서 위암 세 손가락 안에 드는 분이야." 짜식….

수술 전날 입원하자마자 탤런트 김나운 누나가 제일 먼저 찾아왔다. 이게 무슨 날벼락이냐며. 의리의 나운 누나. 그때부터 사람들이 몰려왔는데 수술 끝나고 나서도 쉬지를 못했다. 병동휴게실 두 개가 내 문병객으로 꽉 찼다.

"환자분, 무슨 일 하세요?" 병동 간호사가 묻는다. 개원 이래 가장 많은 문병객이 찾아왔다고. 내가 그래도 세상을 나쁘게 살진 않았나 보다. 지금 생각해도 너무나 감사하고 감사하다.

초기에 발견해 다행이었으나 위치가 좋지 않아 위의 85%를 들어내야 했다. 위암 중 가장 악질이라는 반지세포암이었다.

"정말 타이밍 좋게 잘 찾았지, 지금 못 찾고 몇 달 지났으면 애들이 어디 가 있을지 모릅니다."

의사가 물었다. "어디 시골에서 요양할 데 있어요? 적어도 석달은 쉬어야 하는데."

제기랄… 없다. 부모 자식 아닌 다음에야 친척들에게 암 수술했다고 신세 좀 질 수 없냐고 부탁하기도 어려운 일이다.

그때 양주 큰고모에게서 연락이 왔다. 고모부가 "우리 집에 와 있으라고 해." 하셨단다. 고모와 고모부는 재혼한 지 갓 2년 되어 고모부는 내겐 아직 어려운 분이었다. 그런데 고모부도 대장암 수술을 하신 지 얼마 안 되던 때라 말 그대로 동병상련을 느끼셨던 모양이다.

양주시 어둔동에서 소를 150마리 키우는 고모댁 2층 양옥집의 위층을 통째로 내가 쓰게 되었다. 말이 '시'고 '동'이지 정말 시골이다. 주변에 아무것도 없고 인터넷도 안 되는 여건에서 내게 가장 좋은 소일거리는 책읽기였다. 병원에 있을 때부터 문병 오는 사람들에게 꽃도 필요 없고 음료수도 사오지 말고 뭐 가져올 거면 책 사다 달라고 했다. 내 평생에 가장 온전히 책에 빠져 지낸 시간들, 석 달간 내 책상이었던 밥상 위에 책을 그득 쌓아놓고 종이와 잉크의 바다를 헤엄쳤다.

전에는 쉬는 날까지 잠시도 집에 붙어 있지 못하고 돌아다니곤 했는데, 다시 학생 때처럼 진득하게 앉아 있었다. 몸 밖으로만 내뿜던 에너지를 몸 안에서 돌리는 계기가 되었다고 할까. 그렇게 양반다리로 앉아 있다 몸이 굳으면 주변 논밭을 걸으며 밭이랑을 펄떡펄떡 뛰어다니는 고라니들의 호구조사도 하고, 사람이 그리우면 가까운 가래비 빙벽장에 가서 등반하는 산악인 선배들과 어울리기도 했다.

역경은 사유에 깊이를 더해준다더니 역경 자체보다는 할 일이 없으니 자연스레 생각이 많아졌다. 책 보고 생각하는 시간을 사랑하게 되었다. 그리고 그때부터 무엇이든 쓰게 되었다. 그러면서 더 건강해졌고 삶을 더 사랑하게 되었다.

그랬다. 내게는 암이 앎의 시발점이었던 것이다.

웃어요 우리

～～～～

웃어라, 온 세상이 너와 함께 웃을 것이다.

울어라, 너 혼자 울 것이다.

영화 〈올드보이〉로 유명해진 이 시는 엘라 윌러 윌콕스가 쓴 〈고독〉의 첫 구절이다. 웃음에 대한 가장 적확한 시구라 생각해 내 책상머리에 써 붙여놓았다.

나는 N잡러다. 쇼호스트, 강사, 작가, 사업가를 겸하고 있다. 강사로 일할 땐 주로 스피치, 설득 커뮤니케이션, 마케팅을 강의한다. 모든 강의에서 '웃음'은 상당한 시간과 정성을 할애하는 영역이다. 웃음까지 돈 내고 강의를 들으며 교육 받아야 한다니…. 그만큼 웃음의 효용 가치에 비해 우리는, 우리 한국인들은 너무

안 웃고, 그 가치를 모른다.

지금은 참 많이 웃고, 웃음에 대해 강의까지 하고 있지만, 나도 한 2년 정도 마음껏 웃지 못하던 때가 있었다. 뒤늦게 아나운서가 되고 싶어 대학교 4학년 2학기에 MBC 방송아카데미에 입학하면서 치열 교정을 시작했다. 뻐드렁니가 심각했기 때문이었다. 윗니, 아랫니를 뒤덮은 치열 교정기 때문에 입도 제대로 벌리지 못하고 어색한 웃음만 짓는 바람에 방송국 시험에 줄줄이 낙방했다. 이래 떨어지나 저래 떨어지나 매한가지, 에라이 그냥 웃자! 미친 듯이 웃었다. 절박하게 웃었다.

다행히도 교정기를 찬 상태로 CJ홈쇼핑에 최종 합격했다. 쇼호스트가 되고 나서도 몇 달간은 교정기를 단 채 방송을 해야 했다. 교정기를 떼고 나서는 정말 홀가분하고 자연스럽게 웃었다. 한을 풀기라도 하듯이.

20년 넘는 내 방송 인생에서 어이없어서 기억에 남은 순간이 이 웃음 때문에 야단을 맞은 때다. 한 선배가 "야, 방송할 때 웃지 마!" 하면서 버럭 짜증을 낸 것이다. 신입이었지만 정말 어이가 없었다. 당시에도 이해가 안 됐지만 공부를 많이 한 지금은 더 웃기는 소리다. 그는 엄근진(엄숙, 근엄, 진지)이 쩌는 사람이었다. 웃는 것을 본 적이 별로 없다. 움베르토 에코의『장미의 이름』속 눈먼 수도사 호르헤의 현대판 버전이라고나 할까? 웃는 얼굴을 본 사람은 뇌에서 도파민과 엔도르핀, 세로토닌이 나오며 행복한 마음이 생겨 쉽게 부탁을 들어주고 더 많은 돈을 쓰게 된다는 연구 결과는 수없이 많다. 이후 스피치와 마케팅 강의를 할 때마다 그 선배를 예로 들며 작은 복수를 하곤 했다.

웃음은 성공과 돈을 가져다준다. 상대방에게 호감을 심어주는 가장 쉽고 효과적인 방법이 웃음이기 때문이다. 훌륭한 첫인상을 만들고 더 수월하게 다음 페이지로 넘어가게 해준다. 장사와 영업, 마케팅의 각 분야에서 최고의 자리에 오른 이들과 세계 최고의 부자들은 모두 웃는 인상을 가졌다. 전설적인 세일즈맨 조 지라드는 "웃음의 위력을 알지 못하는 세일즈맨은 결코 성공할 수 없다. 인간에게 얼굴이 있는 이유는 오로지 웃기 위해서다."라 했고, 미국 최고의 앵커 바바라 월터스도 "인상이 운명을 결정한다는 말은 절대 과장이 아니다."라고 말했다. 웃어야 성공한다.

웃음이 기분뿐 아니라 건강에도 엄청난 도움이 된다는 것은 상식이다. 버트런드 러셀이 "웃음은 만병통치약"이라 말한 이후 이제는 공식 치료법으로 인정받고 있다. 정신과 몸에 모두, 나와 남에게 모두 좋은 것이 웃음이다. 아이들의 꺄르르 웃음소리는 세상의 모든 아픔과 더러움을 덮는 꽃담요다. 환경과 상황에 관계없이 웃음은 행복과 희망의 꽃망울을 틔운다. 때로 환경과 상황의 한계를 뒤엎는 마력을 발휘하기도 한다.

1940년 시베리아 강제 노동 수용소에서 탈출한 일곱 명이 6,500km를 걸어서 자유를 쟁취한 실화를 그린 영화 〈웨이 백〉에서 홍일점 이레나의 밝은 웃음은 극한의 환경을 뚫고 도주하는 무리가 초인적인 인내심과 힘을 발휘하게 했다. 영화 〈마션〉에서 황량한 화성에 홀로 남겨져 무려 560일을 생존한 끝에 구조된 마크 와트니는 선장이 두고 간 옛 팝송을 들으며 깔깔거리고, 자신이 해적이라 화성이 자기 거라고 으스댄다. 물론 픽션이지만 이런 긍정 마인드야말로 상상조차 힘든 압도적인 고립감과 악조건을 이겨내는 데 큰 도움을 주었을 거라는 점에 모두가 공감할 것이다.

나는 대학교 때 췌장암으로 1년 가까이 투병하다 떠난 엄마의 목소리가 아직 귓가에 들린다. 열한 달 동안 병원에서 몇 차례의 수술과 피 말리는 항암 치료를 견디며 얼마나 고통스러웠을까. 그런데 엄마는 날 볼 때마다 그 특유의 하이톤으로 "아들~" 하고 부르며 활짝 웃어주었다. 앙상하게 말랐지만 그 모습은 따뜻하고 아름다웠다.

세계 최고의 얼굴심리학자인 폴 에크만 교수는 사람은 평균 열아홉 개의 웃음을 짓는다고 했다. 그중에 진짜 웃음은 단 하나, '뒤센미소'라고 불리는 것이다. 아양 떠는 미소, 비웃음, 헛웃음, 바보 같은 웃음 등등 가짜 웃음이 열여덟 개나 된다니…. 앙리 베르그송은 『웃음』이라는 책에서 웃음은 공정하지도 선하지도 않다고 했는데 이 가짜 웃음들을 지칭한 것이 아닐까. 그런 건 다 잊자. 우리는 단 하나의 진짜 웃음만 보면 된다.

웃음은 인간에게만 주어진 특권이다. 아이들은 하루에 400회 웃는데, 성인은 하루에 겨우 여덟 번 웃는다. 성장기 동안 도대체 무슨 일이 있었던 것일까? 하루 팔십 번이라도 웃는 어른 인간이 많아지면 세상이 달라지지 않을까?

나는 정말로 웃으면 행복해진다고 믿는다. 그리고 웃음이 세상을 바꾼다고 믿는다. 염세주의 철학자 쇼펜하우어조차 "많이 웃는 사람은 행복하고, 많이 우는 사람은 불행하다."고 했다.

세상에 백익무해한 것이 있다면 웃음이다.

웃고 살자, 우리.

꽃은 고맙다

5월이 거의 끝날 즈음, 강릉에서 열린 트레일 러닝 대회에 참가했다. 경포호숫가를 달리다 산을 두 개 뛰어넘고 바닷가를 돌아오는 코스는 너무나 예쁘고 재미있었다. 하지만 아직 5월인데 30도를 웃도는 기온에 산을 뛰어넘자니 체온은 급상승하고 호흡은 거칠어질대로 거칠어져 여간 힘든 것이 아니었다. 그 순간, 오른쪽으로 빨간 장미 군락이 시야에 확 들어왔다. 정신을 차려 보니 내가 웃고 있었다. 빨간 장미꽃을 보는 순간 갑자기 기분이 좋아지고 기운이 솟은 것이 신기했다. 아까 저 밑 식수대에서 이온음료를 마셨을 때처럼 호랑이 기운이 솟아났다(마라톤 뛰어본 사람은 안다. 식수대 이온음료의 호랑이 기운을). 그런데 꽃이 뭐라고 이렇게 힘이 되는지.

누구나 예쁜 것, 예쁜 사람에게 '꽃 같다', '꽃처럼 아름답다'고 한다. 자연은 모두 아름답지만 꽃은 그중에서도 가장 아름답다. 자연自然, 스스로 그러한데 어쩌면 스스로 이렇게 예쁠 수 있을까? 미학책은 20년 전에 달랑 한 권 읽어본 입장에선 꽃이 예쁘다고 인식되는 이유를 잘 모르겠다. 독특한 형태와 색의 조합 때문일까, 아니면 사람의 뇌 속에 그냥 꽃을 보면 아름답다고 느끼는 어떤 메커니즘이 있는 걸까? 곤충을 유혹해 꽃가루를 퍼뜨리기 위해 화려하게 진화한 결과 사람도 유혹을 하게 된 건 아닐까?

예쁜 것도 예쁜 거지만 꽃을 보고 힘이 솟는 경험은 어떻게 설명해야 할지 모르겠다. 종종 꽃 사진을 인스타그램에 올리면 '꽃 좋아하면 나이 든 거야.' 하는 댓글이 달린다. 젊을 때도 좋아했는데 요즘은 꽃을 보면 고맙다는 감정이 드는 것이 달라진 점이랄까?

출퇴근길 응봉산에 개나리가 피기 시작하면 봄이 온 것이다. 겨우내 을씨년스럽던 돌산이 놀랄 만큼 순식간에 샛노랑으로 뒤덮이는 것을 보면 정말 경이로움이 샘솟는다. 9년 전 겨울에 암 수술을 받고 몇 달 요양을 하고서 개나리와 함께 방송에 복귀했던 기억이 난다. 노란 개나리와 더불어 봄을 깨우는 분홍 진달래,

김소월의 시와 마야의 노래는 정말 대척점의 매력이 있다.

봄이 오면 벚꽃의 개화 시기를 알리는 기사가 유난스럽다. 곳곳에서 벚꽃 축제가 손짓을 하고, 며칠 동안 온 세상이 흰색으로 뒤덮인다. 그 시간 동안 세상은 초현실적인 시공간이 된다. 사무실 창문으로 내려다보이는 마을 공원에는 키 큰 목련이 탐스럽게 꽃을 피운다. 목련꽃을 볼 때마다 돌아가신 엄마의 애창곡이던 '목련꽃 그늘 아래서 베르테르의 편질 읽노라~'를 흥얼거리게 된다. T. S. 엘리엇은 "4월은 가장 잔인한 달"이라 했지만 라일락이 있는 4월의 풍경은 거의 모든 사람에게 화사하고 평안한 모습으로 기억될 것이다.

태안 튤립 축제에 다녀왔다. 세상에나! 이토록 다양한 모양, 다양한 색깔의 튤립이 존재한다니…. 이렇게 예쁜 꽃들이 세계 최초의 거품 경제 현상이었던 '튤립 파동'을 일으켰다는 사실을 떠올리니 요즘 말로 웃프다.

한국인이 좋아하는 꽃 조사에서 매년 1위를 하는 꽃의 여왕은 물론 장미다. 전 세계적으로 수많은 품종 개량에 성공해 파란 장미, 검은 장미는 물론이고 무지개색 장미도 있더라. 그래도 고혹적인데다 약간의 퇴폐미마저 풍기는 빨간 장미가 최고다.

아내가 가장 좋아하는 꽃 수국은 큼직한 꽃더미가 복스럽다.

이렇게 예쁜데 향기가 없다는 것이 좀 허무하다. 하지만 흙의 산도에 따라 꽃 색깔이 달라진다. 산도가 높은 흙에서는 파란색이나 보라색, 알칼리성 토양에서는 분홍색이나 빨간색으로 물든다. 5,000만 년 전 화석에서 볼 수 있을 정도로 역사가 오래된 꽃이다.

늦은 봄 설악의 마루금을 걷느라 지친 산꾼의 얼굴에 미소가 번지게 만드는 붉은병꽃은 소중한 우리 꽃나무다. 볕이 좋은 밭둑이나 야산에서 흔하게 볼 수 있는 작고 노랗고 귀여운 미나리아재비꽃은 실상은 독초다. 『로미오와 줄리엣』에서 줄리엣을 잠들게 만든 약이 미나리아재비 즙이었다고 한다.

능소화는 세 가지 색이 함께 눈에 들어온다. 시멘트의 회색, 여름 녹음의 초록색 그리고 능소화의 화사한 주황색. 아파트 단지의 축대와 강변북로 분리대를 담쟁이처럼 타고 올라 삭막한 회색도시에 색깔과 생명력을 더해주는 고마운 꽃이다.

땀을 비처럼 쏟았던 덕유산 여름 산행길에서 우리를 환하게 반겨주던 노란 원추리꽃. 나물로 약재로도 쓰인다니 정말 귀하고 곱구나. 여름이면 산어귀, 개울가, 바닷가 등등 전국 방방곡곡에서 피어나는 참나리꽃은 키도 크고 꽃도 크다. 주황색 큰 꽃잎엔 검은 깨가 박힌 듯하고 꽃보다 더 큰 술이 달렸다. 참나리

말고도 말나리, 하늘나리, 땅나리, 솔나리, 털중나리 등 나리꽃은 종류가 많은데, 나리꽃이 백합이라는 것을 얼마 전에야 알았다. 지리산을 종주할 때 그늘에 앉아 쉬면서 만났던 동자꽃은 폭설을 맞으며 스님을 기다리다 얼어 죽은 동자승의 무덤에서 피었다는 애달픈 사연을 가지고 있다.

"무궁화 삼천리 화려강산~." 강인함과 끈질김의 상징으로 100일 이상 꽃을 피우는 대한민국의 꽃. 그런데 유럽에서 무궁화의 원산지를 시리아로 착각해 학명에 '시리아(무궁화의 학명은 Hibiscus syriacus이다)'가 들어가 버렸다, 젠장. 사육신 성삼문의 시에도 나오는 여름의 배롱나무꽃. 유서 깊은 한옥 고택에 피어 있는 풍경은 그 자체로 수묵채색화다.

아파트 단지 화단에서 간호복을 입은 여성들이 뭔가를 따고 있길래 엿보았더니 어릴 때 봉숭아라 불렀던 봉선화다. 아직도 손톱에 봉숭아 물을 들이나 보다. 국민학교 저학년 때 엄마가 사내아이인 나까지 물을 들여줘 학교에서 놀림 받았던 기억이 난다. 여성들 뒤를 지나면서 그 기억에 슬며시 웃는다. 청순한 마음이라는 꽃말 그대로 청순한 자태의 수련. 모네가 홀딱 반해 자기 집 연못에서 기르며 250점이나 되는 유화를 그렸다는 수련은 정오쯤 깨어 저녁에 잠드는 잠꾸러기 꽃이다.

늦여름 무더위에 지친 우리 아파트 단지에 생기를 불어넣어주는 맨드라미는 닭 볏처럼 생겨서 '닭 볏'의 강원도 사투리 '면두'에서 이름이 유래했다. 이처럼 우리말 꽃이름은 입에서 부드럽게 구른다. 앵두나무꽃을 닮은 앵초. 원예용으로는 여러 색깔이 있지만 우리나라 자생종은 거의 분홍색이다. 산속 그늘진 계곡가에서 이 작은 친구들을 만나면 그냥 못 지나친다. 앉아서 정겹게 대화를 나누다 간다.

산에서 들에서 쉽게 만나는 연보랏빛 쑥부쟁이는 보통 들국화라고 불린다. '쑥 캐는 불쟁이(대장장이) 딸'이라 해서 이런 이름이 붙었다. 대장장이 딸이 사랑을 약속한 사냥꾼을 기다리다 절벽에서 떨어져 죽었는데 그 자리에 피어난 꽃이란다. 의외로 슬픈 사연이 깃든 예쁜 꽃들이 많다.

가을의 문턱에 설악산 자락의 카페에 갔더니 담장을 따라 핀 코스모스가 정겹다. 나 어릴 적엔 서울이건 시골이건 어딜 가도 코스모스 천지였는데…. 10여 년 전 자전거로 국토종주를 할 때 끝없는 코스모스의 환대를 받으며 달렸던 남도의 1번 국도, 그 색의 향연을 잊을 수가 없다.

본가인 거제도에도 참 많았던 동백꽃은 겨울에 핀다. 부산, 울산, 여수, 신안, 제주 같은 남쪽 지역에서 겨울을 정열적인 빨강으로 물들인다. 동백을 노래한 곡도 많고 시도 많다. 패션 브랜드 샤넬의 상징도 동백꽃이다. 남쪽이라 기대하기 힘들긴 하겠지만 이번 겨울 동백꽃을 보러 가는 날에는 눈이 내렸으면 좋겠다.

꽃의 시간은 짧아서 귀하다. 화무십일홍이라…. 꽃이 피어 있는 시간은 짧게는 사나흘밖에 안 된다. 하지만 꽃들은 계주선수들이다. 바통을 이어받는다. 봄부터 겨울까지 꽃이 다 지는 날은 없다. 저마다 생긴 것도 개성 만점에 어쩌면 이렇게 사계절 내내 순서를 지켜가며 우리에게 환희와 위로를 주는지. 행복은 크기가 아니라 빈도라고 했다. 사계절 내내 날마다 꽃을 보니 행복하다. 더없이 고맙다.

작년 봄 난생처음 공황장애와 우울증을 겪었다. 병원에서 상담 치료를 받으면서 시간 날 때마다 혼자 온 산을 헤매고 다녔다. 곳곳에 피어 있던 야생화들이 누구보다 내 마음을 어루만져 주더라. 여행이나 산행을 하다 보면 이름 모를 야생화를 많이 만난다. 행여나 야생화라도 꺾지 말자. 그 자체로 귀한 생명이다. 그리고 내 뒤로 올 수많은 사람에게 나에게만큼 위로와 기운을 줄 것이다. 『앵무새 죽이기』의 작가 하퍼 리는 "신의 땅에서 자라는 모든 것들을, 심지어 잡초까지도 사랑했다."라고 썼다. 꽃은 정말 고맙다.

다르다, 아름답다, 강하다

〰〰〰

"저는 낯선 바다에서 낯선 흰고래들과 함께 살고 있어요. 모두가 저와 다르니까 적응하기 쉽지 않고 저를 싫어하는 고래들도 많습니다. 그래도 괜찮습니다. 이게 제 삶이니까요. 제 삶은… 이상하고 별나지만 가치 있고 아름답습니다." 2022년 대박이 난 드라마 〈이상한 변호사 우영우〉의 대사다.

IQ 164에 자폐 스펙트럼, 일명 '자폐성 천재'의 이야기는 영화 〈레인 맨〉을 떠올리게 하지만 이 드라마의 세계관은 말이 안 된다 싶을 정도로 판타지에 가깝다. 무엇보다 시종일관 밝고 따뜻하다. 주인공의 주변에는 '봄날의 햇살' 같은 가족, 동료, 친구들이 도열해 있다. 진짜 세상은 그렇지 않은데. 드라마를 보면서 다른 나라 이야기 또는 다른 세상 이야기라는 생각이 들었다. 아니면 이상향을 그렸거나. 실제로 우리가 사는 세상, 대한민국만 특정해서 보더라도 '다름'을 가진 사람들은 살아가는 것이 너무나 힘들다. 장애를 가진 아이를 키우는 부모 입장에서 매일같이 실감하고 있다. 이 세상에는 따돌림, 차별, 혐오가 넘친다. '다름'은 나쁜 것이 아닌데, 싫어할 것이 아닌데, 왜 이렇게 몰개성, 몰인격, 획일로만 달려가는 것인지. 정말 우리의 소원은 모든 것의 통일일까?

CJ홈쇼핑 신입 시절, 그룹에서 전 계열사에 공지가 내려왔다. "이제부터 CJ그룹의 모든 임직원은 호칭을 '님'으로 통일한다."는 내용이었다. 수직적 조직이 아닌 수평적 관계를 지향하고 열린 조직문화를 추구한다고 했다. 공지 메일을 읽으며 갸우뚱했다. 무엇이든 통일하려는 것이 열린 문화라고? 중고등학교 때 복장 통일, 두발 통일을 경험하고 군대까지 갔다 온 대한민국 평균남으로서 이해가 되지 않았다.

아무리 '우리의 소원은 통일'이라지만 생각해보자. 식당 가서 "다 짜장면으로 통일!" 이게 열린 거라고? 짬뽕 먹고 싶은 사람은 짬뽕 시키고, 볶음밥 먹고 싶은 사람은 볶음밥 시킬 수 있어야 열린 거 아닌가? 뭐든 통일하려는 집단은 생각도 획일화하려 들 수 있다. 군대, 경찰, 학생들까지, 똑같은 옷 입히고 똑같은 말을 쓰게 하는 목적은 딴생각을 못하게 하기 위해서다. 이것은 철저하게 닫힌 문화다. 할 말을 못 참던 혈기왕성하던 나이, 이런 내용을 그룹 홈페이지 자유 게시판에 올렸다.

제목: "님이 뭡니까, 님이?"

부사장실에 불려갔다. 부사장은 위에서 한 소리 들은 듯 줄담배를 피우고 있었다. "내가 니를 우찌해야 되노?" 완전히 박살이 났다. 그 뒤로 나는 통일이 더 싫어졌다. 남북통일만 빼고.

전국의 중고등학생들이 등골 브레이커라 불린 노스페이스 패딩 재킷을 똑같이 걸치고 다녔을 때도 이건 아닌데 싶었다. 그러더니 한순간에 이번에는 모두가 롱패딩을 입고 있더라. 우리 어릴 때도 유행은 있었다. 주름 바지, 승마 바지, 아이스 데님, 목폴라 셔츠, 농구화, 이스트팩…. 하지만 이 정도는 아니었는데. 수백 수천 명의 학생이 똑같이 시커먼 롱패딩을 입고 돌아다니는 것은 정말이지 기괴한 장면이었다.

그것을 보며 케이트 윌헬름의 소설 『노래하던 새들도 지금은 사라지고』에서 몇몇 가문이 만든 클론 공동체가 떠올랐다. 환경 재앙과 질병 등으로 종말을 맞은 시점에 기적적으로 인간 복제에 성공해 인류를 지속시키게는 되었지만, 태생적인 한계로 몰개성과 집단화를 추구하다 점점 퇴화하는 클론들. 역시 클론으로 만든 〈스타워즈〉의 제국군의 모습도 겹쳐진다. 똑같은 롱패딩 안에서 다양한 생각과 창의성이 싹틀 수 있을까? 이런 토양에서 세상을 호령하는 K-컬처가 탄생한 것은 그저 기적이다. 길거리의 자동차도 검은색, 회색, 흰색이 대부분이다. 나는 몇 해 전에 튀는 빨간색 세단을 뽑았다가 여기저기서 한마디씩 들었다. 심지어 아내까지 빨간 차 사는 사람 처음 봤다고 타박했다.

이런 분위기에서 다른 것은 죄악이다. 사람들은 다른 것을 두려워한다. 두려우면 혐오하고 차별한다. 그러면서 혐오에 점점 둔감해진다. 여성에 대한 혐오, 장애인에 대한 혐오, 성소수자에 대한 혐오, 다른 인종에 대한 혐오, 다른 종교에 대한 혐오, 다른 정치 이념에 대한 혐오, 다른 세대에 대한 혐오, 다른 계층에 대한 혐오가 세상을 홍수처럼 뒤덮고 있다. 맘충, 틀딱, 한남, 유충, 김치녀, 꼴페미, 급식충, 학식충, 전라디언, 홍어, 병신, 돼지, 깜둥이…. 일베들이나 쓸 법한 혐오의 말들이 SNS를 잠식하고 이제는 기사에까지 등장한다. 정치인들의 입에서는 바퀴벌레 같은 곤충류와 젖소 같은 포유류까지 튀어나온다.

지난 대선에서 우리는 여성 혐오misogyny를 선거 전략으로 이용하는 공당을 보았다. 하버드를 나온 청년 정치인은 여성 혐오를 이용해 이대남(20대 남성)들의 지지를 끌어모았고, 심지어 이겼다. 그 탓에 대한민국에서 젠더 갈등 해결은 더 요원해졌다.『판도라의 딸들, 여성 혐오의 역사』를 쓴 잭 홀런드는 "바퀴가 발명되기 훨씬 전부터 남성은 여성 혐오를 발명했다. 그러나 바퀴가 화성에서 굴러다니는 오늘날에도 여성 혐오는 여전히 많은 사람의 삶을 망가뜨리고 있다."고 했다. 특히 한국에서 여성은 아이가 없으면 '퇴물', 있으면 '기생충'으로 취급 당하는 것이 현실이다. 식당에서 아기 숟가락을 요청했다 옆 테이블에서 '맘충'이라고 해서 항의했더니 아기들한테 "체해서 죽어라." 하더라는 기사를 보았다. 이게 정상적인 사회인가? 결국 2016년 강남역 살인사건을 비롯해 수많은 여성 혐오 범죄femicide로까지 이어졌다. 얼마전엔 쇼트컷 머리를 했다고 여성을 막무가내로 폭행한 사건도 있었다. '여혐'이나 '남혐'이나 이 50대 꼰대는 도대체 이해할 수가 없다.

수도권에 사는 이들은 출근 시간 지하철에서 시위하는 장애인들을 종종 마주친다. 장애인들의 이동권과 생존권을 보장해 달라는 시위에 항의하는 시민들도 있지만 잠깐의 불편을 감내하고 응원하는 시민들도 많다. 이들이 지하철에 나오는 이유는 휠

체어 리프트를 타던 장애인이 추락해 사망하거나 크게 다친 사고들이 있었기 때문이다. 그런데 여성 혐오를 부추겼던 청년 정치인은 여기에도 끼어들어 이들을 조롱하고 돌을 던졌다. 전국장애인차별철폐연대는 그에게 '장애인차별혐오상'을 수여했다. 우리 모두는 잠재적 장애인이다. 누가 언제 어떤 사고로 장애를 갖게 될지 모른다. 장애인이나 비장애인이나 모두 함께 살기 좋은 세상을 만들면 안 될까? 모쪼록 그 청년 정치인은 평생 교통사고든 낙상 사고든 다치지 않고 편히 살길 바란다.

나는 4대째 독실한 기독교 가정에서 태어나 기독교 근본주의 교육관 안에서 자랐다.『성경』의 가르침대로 창조론을 믿었고 사람과 동물은 남성과 여성, 수컷과 암컷으로 나뉜다는 양성론을 믿었다. 하지만 종교라는 고치를 깨고 나와 많은 사람을 만나고 많은 책을 읽고 많은 사례를 보면서 넓은 눈을 갖게 되니 세상에는 내가 믿었던 것보다 훨씬 다양한 것들이 존재한다는 사실을 깨달았다. 성 또한 두 가지만 존재하는 것이 아니었다. 요즘 말로 LGBTQIA+[레즈비언, 게이, 바이섹슈얼, 트랜스젠더, 성 정체성 모호자, 인터섹슈얼(간성), 무성애자 등]라고 하는 다양한 스펙트럼이 세상을 채우고 있었다. 심지어 동물에게도 제3의 성이 존재한단다.

나는 동성애를 좋아하지 않는다. 하지만 내가 좋아하거나 그러지 않거나 간에 모든 성 정체성은 존중받아 마땅하다. 죄악시하거나 배척할 어떠한 이유도 없다. 수천 년 전 경전에 쓰인 것만 믿고 아직도 에이즈가 신의 징벌이라는 중세적 인식에 머무른 채 혐오를 퍼뜨리는 기독교도들이 참 안쓰럽다. 당신의 자녀가 동성애자나 트랜스젠더라면 아이를 사랑하고 포용할 것인가, 낙인을 찍고 내쫓을 것인가. 어느 쪽이 하나님의 사랑일지 생각해보라. 내가 졸업한 신학교의 교수 중에도 동성애에 대해서는 게거품을 물고 비판하면서 우상숭배하는 대통령에게는 한마디 못하는 이중적 행태를 보여 많은 학생에게 실망감을 안겨준 사람이 있다.

"기독교 민족주의자들이 국가의 질서를 옹호하는 것인지 자연의 질서를 옹호하는 것인지는 불분명하다. 자연은 다양성을 허용하며, 우리 모두는 다양성이 존중되는 세상을 긍정해야 한다."고 말한 철학가이자 젠더 이론가인 주디스 버틀러는 한국 기독교도들에게 많은 핍박을 받았다. 국제엠네스티와 휴먼라이츠워치(인권침해 감시기구)는 한국 정부와 경찰에 성소수자 인권 보장을 강권하는 서한을 보내기도 했다. 나는 젠더 문제에 전문가가 아니고 깊은 관심이 있는 것도 아니다. 격변하는 세상에서 이

PC political correctness(정치적 올바름) 문제는 어렵고 조심스럽기까지 하다. 그저 내가 하고 싶은 말은 다름을 혐오하지는 말자는 것이다. 마음을 열고 좀 더 열린 시각과 인식을 받아들이려 노력한다면 함께 어울려 살 수 있다.

정말 혐오스러운 혐오는 유족에 대한 혐오다. 가족을 잃고 세상이 무너진 것 같은 아픔을 느끼는 유족을 조롱하고 괴롭히는 이들은 사람도 아니다. 세월호 이전까지는 그런 행태들이 안 보였는데 이후에 고개를 쳐들기 시작했다. "회 쳐먹고, 찜 쪄먹고, 그것도 모자라 뼈까지 발라 먹고, 진짜 징하게 해처먹는다."던 국회의원, "하나님이 학생들 침몰시켜 국민들에게 기회를 주셨다."고 막말을 한 목사, "가난한 집 애들이 경주나 갈 것이지 왜 제주도를 가냐?"라고 했던 또 다른 목사. 그 밖에도 '시체장사', '교통사고' 운운하는 사람들이 수도 없이 많았다. 특히 자식 잃고 단식 중인 부모들 앞에서 피자, 치킨을 먹은 사람들은 정말 천벌을 받아야 한다.

10.29 이태원 참사 이후도 마찬가지였다. "자식 팔아 한몫 챙기자는 수작", "세월호처럼 정쟁으로 소비되다 시민단체의 횡령에 악용될 수 있다."는 정치인들이 있었고, 심지어는 유족들에게 다가가 "죽어줘서 고맙다."고 소리치는 사람들도 있었다고 한

다. 인두껍을 쓰고 어떻게 저럴 수가 있는가. 한 사람이 죽는 것은 한 세계가 소멸하는 것이다. 가족에게는 말 그대로 세상이 무너지는 것이다. 인간이 겪는 가장 큰 고통이 가족을 잃는 것이다. 가족 잃은 사람의 아픔에 1도 공감하지 못하는 자들이 과연 사람인가? "인간의 고통 앞에 중립은 없다."는 프란치스코 교황의 말씀이 공허하게 맴돈다.

인종 차별도 현재진행형이다. 미국에서 교민이 인종 차별 당한다는 기사가 나오면 광분하면서 우리나라에선 조선족, 동남아시아인 이주노동자들을 차별하고 괄시하는 이중적 인식을 가진 자들을 자주 본다. 심지어 아직도 흑인을 깜둥이라고 칭하는 자도 보았다. 천박하다. 게다가 혐오의 대상인 사람이 또 누군가를 혐오한다. 돌고 돌면서 물고 물리면서 끝없이 추락하는 세상이다. 지겹지 않은가? 힘들지 않은가?

여행 싫어하는 사람은 없다. 여행 다니려고 돈도 열심히 번다. 그런데 여행을 왜 가나? 파리에 남대문, 롯데월드가 있고 뉴욕 사람이 주로 먹는 게 된장찌개라면 굳이 휴가 내고 돈 들여서 여행 갈 이유가 있겠나? 외국엔 우리네와는 다른 풍경이 있고 우리와 다르게 생긴 사람들이 우리와 다른 생활을 하고 있기 때문이다. 다른 거 보러 다른 데 가는 게 여행이다. 서양 사람들은 오래

전부터 동방의 신비로운 이미지에 매료되었고 우리를 포함한 동양인들은 기술적으로 발달한 서방을 동경해왔다. 서로 다르니까. 여행 가서 보는 건 그렇게 좋아하면서 왜 다른 것은 포용하지 못할까? '다양성diversity'이라는 말이 나온 것도 벌써 수십 년 전인데.

〈알쓸별잡〉에 출연한 건축가 유현준은 획일화된 공간, 획일화된 교육에서 원인을 찾더라. 어릴 때부터 자연스럽게 '모난 돌이 정 맞는다.'는 것을 체득하면서 성장한다는 것이다. 거슬러 올라가면 일제강점기와 군사 정권을 거치면서 이런 경향이 일반화된 면도 있고, 남북이 대치 중인 엄혹한 상황, 이념 갈등 때문에 우리 편이 아니면 적으로 간주하는 패거리 문화가 자리잡은 탓도 있다. 5,000년 단일민족이라는 이상한 순혈주의도 우리의 마음을 날카롭게 벼려온 것 아닐까.

지금 우리 앞에는 불평등, 사회적 고립과 외로움, 양극화, 분단 상황 등 풀어내야 할 수많은 숙제가 쌓여 있다. 무엇보다 기후 위기로 지구가 망하게 생겼다! 생존을 위해서 그 어느 때보다 온 인류의 협력이 필요하다. 우리끼리 그만 좀 싸우자! 박노해 시인의 말처럼 "평화는 하나가 되는 것이 아니다. 달라서 고유한 사람들이 손을 잡는 것이다. 서로의 신념을 존중하며 함께 사는 것이다." 답은 다양성이다.

자연의 존재 방식도 '유전적 다양성', '생물 다양성', '종 다양성' 등 다양성에 기반한다. 종 다양성이 무너지면 인간종도 생존할 수 없다고 많은 과학자가 말한다. 유전적 다양성에 역행하는 근친교배, 순혈주의가 얼마나 해로운지 역사에서 많은 사례를 볼 수 있다.

고대 이집트 왕가의 가장 유명한 파라오인 투탕카멘의 친부모는 남매간이었다. 투탕카멘도 이복누이와 결혼을 했는데 온갖 병에 시달리다 열아홉 살에 죽었다. 근친혼으로 가장 유명한 예는 600년간 유럽을 호령한 합스부르크 가문이다. 근친혼의 부작용으로 '합스부르크 턱'이라 불린 주걱턱과 부정교합, 단명 등이 나타났는데 합스부르크 왕가 구성원 중 절반 이상이 열 살 이전에 사망했다. 마지막 왕 카를로스 2세는 주걱턱이 심해 입을 다물지 못하고 침을 줄줄 흘렸으며, 음식을 씹지도 못해 그냥 삼켰다고 한다. 생식 능력에도 문제가 생겨 결국 대가 끊겼다. 프랑스와 영국 왕가의 정신병, 러시아 로마노프 왕가의 혈우병도 근친혼의 결과다. 얼마 전에 공개된 미국 다큐멘터리에서는 지금도 근친혼을 하는 휘태커 가족의 실상이 밝혀졌는데 가족 구성원 대부분이 갖가지 유전병을 가지고 있고 제대로 말도 못해 개처럼 짖는 소리로 소통하고 있더란다. 이런 이야기들은『노래하던 새들도 지금은 사라지고』같은 소설에 영감을 주었다. 다양성 없이는 우리가 속해 있는 자연계는 존속할 수 없다.

게다가 다양성은 모든 분야에서 더 큰 성과를 내게 해주고 결과적으로 더 많은 돈을 벌게 해준다. 단지 정서적이고 낭만적이고 이상주의적인 이유, 정치적 올바름(PC) 때문에 중요한 게 아니다. 서로 다른 존재들이 어울려 협력할 때 상상할 수 없을 정도로 무시무시한 일이 벌어진다. 다양성에서 창의력이 나오기 때문이다. 새로운 것이 태어나기 때문이다. 심리학자 김명철 교수는 "인류의 위대함은 우리가 지닌, 정신이 아찔해질 정도의 다양성에 숨어 있다. 그것이야말로 우리 창조성의 근원이다. 이 다양성이 소실되면 아무리 뛰어난 사람들만 남는다 해도 인류는 멸망할 수밖에 없다."고 했다.

독재적인 리더십으로 유명했던 천재 스티브 잡스도 혼자 아이폰을 만든 것은 아니다. 디자이너 조너선 아이브가 없었다면 애플은 지금 어떤 모습일까? 하늘이 내려준 몇몇 특출한 천재들이 역사의 흐름을 바꾸기도 하지만 그들도 단독으로 모든 것을 이룰 수는 없었다. 1990년대부터 2000년대까지 란제리 시장을 호령했던 빅토리아 시크릿은 '날씬하고 마른 비장애인 백인 여성'이라는 획일화된 여성상을 내세우다 시대에 뒤쳐지고 소비자가 꺼리는 기업이 되어 사라지는 듯했다. 그러다 최근 'Body Positive(자기 몸 긍정주의)' 캠페인을 전개하며 플러스 사이즈 모델, 트랜스젠더 모델, 장애인 모델들을 내세웠고 서서히 부활 중이다. 어느 게임 업체는 비장애인과 시각 장애인, 청각 장애인의 경험 차이를 반영한 새 VR 게임을 출시해 호평을 받았다.

반면에 미국이 9.11 테러를 막지 못한 이유가 CIA 조직 내의 다양성 부족 때문이라는 분석이 나왔다. 하버드 같은 일류 대학교 출신 백인 남성이 주류(동종선호의 함정)였기 때문에 이슬람 사회에서 나오는 단서를 감지하지 못했다는 것이다. 동굴에서 살며 허름한 옷을 입고 덥수룩한 수염을 기른 오사마 빈 라덴과 알카에다를 미개하고 무지한 오합지졸로 무시했는데, 실제로는 이슬람교의 창시자 무함마드를 코스프레한 것으로 이슬람권에서는 어마어마한 권위의 상징이었던 것이다.

저널리스트 제임스 서로위키는『대중의 지혜』에서 "너무 유사한 집단은 새로운 정보를 논의하지 않기 때문에 새로운 것을 배우기 어렵다. 동질적인 집단은 구성원들이 잘하는 일에는 뛰어나지만, 대안을 탐색하는 능력은 점차 떨어진다. 비록 경험이 부족하고 덜 유능한 사람이더라도 새 구성원을 조직에 포함시키면 조직이 더 현명해질 수 있다."고 했다. 최근 'D&I^Diversity & Inclusion(다양성과 포용성)' 또는 'DE&I^Diversity, Equity & Inclusion(다양성, 형평성, 포용성)'가 대두되고 있는 이유다. 미국 기업에서는 최고다양성책임자^chief diversity officer 채용이 급증하고 있다고 한다. 우리나라도 조금씩 늘고 있다. 이제 다양성은 기업에서도 이익, 생존과 직결되는 문제다. 이런 시대에 대한민국 정부는 곳곳을 검사들로만 채우고 있다. 전문성을 고려하지 않은 것도 문제이지만, 다양성이 부족한 것이 더 문제라고 생각한다. 이렇게 획일화된 환경에서 창조와 혁신이 얼마나 가능할지 의문이고 걱정이다.

일단 우리 평범한 개인부터 마음을 조금 열어보자. 다름을 존중하고 다양성을 인정해보자. 그런다고 세상 안 망한다. 오히려 인정하고 존중하지 않는 데서 혐오와 차별이 싹튼다. 심리학자 고든 올포트는 "세상에 수십억 명의 사람들이 존재한다면 성격 또한 수십억 가지가 존재하는 셈"이라고 했다. 모든 사람이 다르고, 내가 소중한 만큼 다른 사람도 소중하며, 내 관점은 세상을 바라보는 여러 관점 중의 하나라는 것부터 인정하자. "아, 다르구나! 인정!" 이것부터 시작하자.

"교양이라는 것은 다양함에 대한 인지, 남의 것에 대한 존중, 처음에는 우월감을 가졌더라도 곧 그 마음을 거두어들이는 것을 의미한다. 교양인이란, 사람이 살아가는 방법에 실로 여러 가지 가능한 길이 있다는 것에 대한 깊고도 넓은 이해를 가진 사람이다." 내가 요즘 꽂혀 있는 철학자 페터 비에리의 말이다. 어렸을 적 교과서에 나왔던 황희 정승의 "네 말이 맞다. 네 말도 맞다." 일화는 더 쉬운 말로 더 깊은 통찰을 준다. '아! 나랑 다른 사람이구나.', '나랑 다른 상황이구나.', '나랑 다른 생각을 가졌구나.', '나랑 다른 취향을 가졌구나.' 이렇게 다름에서 재미를 찾아보자. 진짜 재미있다.

생물 다양성, 인종 다양성, 종교 다양성, 생각 다양성, 취향 다양성, 문화 다양성…. 이렇게 수많은 '다름'이 어울리는 세상, 얼마나 아름다운가. 내가 좋아하는 최재천 교수께서 늘 외치는 것처럼 다른 것은 정말 아름답다.

그리고 다른 것은 강하다.

친구여

괜스레 힘든 날 턱없이 전화해 말없이 울어도 오래 들어주던 너.

늘 곁에 있으니 모르고 지냈어. 고맙고 미안한 마음들.

- 노래 〈친구〉 중, 안재욱

작년에 20년 지기 가장 가까운 친구에게 배신을 당했다. 아팠다. 깊게 아팠다. 배신감이 너무나 커 난생처음 공황장애를 겪었고 정신과 상담을 여러 달 받아야 했다. 한창 힘들 때 영화 〈탑건: 매버릭〉이 개봉했다. 극장에서 영화를 보다 눈물이 터졌다. 36년 전 〈탑건〉 1편에서 매버릭(톰 크루즈 분)의 평생 라이벌이 된 아이스맨(발 킬머 분)이 나오는 장면에서였다. 이제 둘은 영혼의 친구가 되어 있었고, 해군 사령관이 된 아이스맨은 사고뭉치 매버릭의 뒤를 지켜주었다. 말기암 투병 중인 아이스맨과 매버릭의 조우 장면에서 눈물을 쏟은 사람은 나뿐이었을 것이다. 죽을 때까지 함께할 줄 알았던 몇 안 되는 친구 중 하나를 잃으니 평소 정신력이 강하다고 자부하던 나조차 무너졌다. 그때부터 머릿속에서 끝없이 맴도는 단어가 '친구'였다.

자타공인 인맥왕인 내 전화번호부에는 수천 명의 번호가 있다. 그런데 누가 친구고, 누가 동료고, 누가 지인이고, 누가 그냥 연락처만 아는 사람일까? 진짜 영혼의 친구는 어디까지이고, 친한 친구는 어디까지이며, 그냥 친구는 어디까지이고, 나이만 비슷한 친구는 어디까지일까? 잘나갈 때 밥 먹고 술 먹을 친구는 수백 명인데, 어렵고 힘들 때 곁을 지켜줄 친구는 몇이나 될까?

친구는 '오래도록 친하게 사귀어온 사람, 즉 오랜 벗'이다. "진실한 우정이란 느리게 자라나는 나무와 같다."는 조지 워싱턴의 말도 있는데, 얼마나 사귀어야 '오래'일까? 20년 정도면 충분할까? 그렇게 오래되지 않아도 이상하게 통하는 친구도 있는데…. 성격, 인성, 취향 말고도 그냥 통하는 것도 있는데…(연애 얘기 아니다).

친구는 꼭 동갑이어야 하나? 74년생인 나는 어릴 때부터 '빠른 75'들과도 친구다. 그놈들은 또 '그냥 75'와도 친구다. 거기다

'민증상' 74도 있다. 그래서 '족보가 꼬인다'고들 한다. 그런데 원래 친구에는 같은 나이, 비슷한 또래라는 의미는 없다. 조선 시대에도 벗이라 하면 나이에 구애되지 않고 마음이 통하여 가깝게 사귀는 사람을 뜻했다. 우리 역사의 대표적인 단짝 오성과 한음은 다섯 살 차이, 송시열과 윤휴는 무려 열 살 차이였다(나중에 결별하긴 했지만). 할리우드에서 세대를 뛰어넘는 친구로 유명한 클린트 이스트우드와 리어나도 디캐프리오, 두 사람은 무려 마흔네 살 차이, 아버지와 아들보다 더하다. 동갑끼리만 친구, 위로는 선배, 아래로는 후배를 엄격하게 따지게 된 것은 일제강점기부터라고 한다.

인구수도 줄어들고 나이 먹어가면서 점점 더 외로워지는데 동갑이고 형이고 그런 게 뭐 중요하겠나? 그래, 나이에 얽매이지 말고 친구하자. 동무하자. 〈오징어 게임〉으로 유명해진 "우린 깐부잖아?"도 참 정감 있다. 성공회대학교 김찬호 교수는 그런 폭넓은 교우 관계를 '비스듬한 관계'라고 정의하더라.

동준이 형과는 참 독특한 관계다. 군대에서 만났다. 지금까지 30년 가까이 내 뒤를 봐주고 있는 든든한 형이다. 평생 은혜를 갚아야 할 친구다. CJ홈쇼핑 신입 때부터 단짝이었던 디자이너 기용이는 말수가 적고 예술가 같은 섬세한 감수성과 꼼꼼함을 지녔다. 20년 동안 둘이서 참 많은 여행을 함께했다. 알프스 몽블랑도 같이 올랐다. 둘 다 가정을 꾸리고 한동안 뜸했는데 어디든 또 한 번 가자.

카메라 감독 승주 형은 수줍음이 많은 츤데레 스타일이다. 형이지만 권위를 내세우지 않고 궂은일을 도맡아 한다. 그래서 형수도 참 좋은 사람을 만났다. 언젠가 먼 산, 높은 산에도 같이 가고 싶다. 덩치만큼 마음도 푸근한 상훈이는 배려심이 몸에 배어 있다. 어디서나 유쾌한 분위기 메이커인데 이 친구 웃음소리를 한 번 들으면 누구나 푹 빠진다. 또 한 친구는 지금 암과 싸우고 있다. 20년지기 너무나 따뜻한 친구 효준이가 병마를 완전히 물리치고 함께 여행을 떠날 수 있는 날이 오기를 기도한다. 김형석 교수는 구십이 넘어가니 평생의 벗들이 하나둘 떠나 이제 홀로 남았다고 하던데, 나는 이 친구들과 백 살이 넘어서까지 건강하게 함께 늙어갔으면 좋겠다.

〈탑건: 매버릭〉을 보며 아이스맨 같은 친구가 있었으면 좋겠다고 생각했다. 그런데 '친구'에 대해 깊이 생각하다 보니 내가 철이 없었다는 것을 깨달았다. 좋은 친구를 바라기 전에 내가 먼저 좋은 친구가 되어야 하지 않을까? 광해군 때 사형선고를 받은 나성룡을 보증해 대신 교수형 당할 위험을 무릅쓴 이대로 같은 친구를 원하기 전에 내가 이대로가 되어야 하지 않을까? 그러자. 내 곁에 있는 친구들에게, 그리고 앞으로 생길 친구들에게 먼저 좋은 친구가 되어야겠다.

친구란 두 개의 몸에 깃든 하나의 영혼이다.

 - 아리스토텔레스

한 친구를 만족시키지 못한 자는 인생에서 성공했다고 할 수 없다.

 - 헨리 데이비드 소로

산이라는 세계

나이를 오십이나 먹은 사내가 울고 있다. 도봉산 중턱 으슥한 바위 밑에서. 처음이 아니다. 지난 주엔 삼각산, 그전 주엔 검단산이었다. 위로가 필요하거나 도피가 필요할 때마다 사내는 산으로 튀었다. 창피하고 유치하지만 그 나이를 먹고도 품에 안겨 펑펑 울 수 있는 사람이 있었으면 했다. 있을 리가 만무하다. 그 자리를 산이 대신했다. 산은 언제나 따뜻하고 너른 품이었다. 사내의 인생에는 산이 있어 참 다행이었다.

산에 다닌 지 20년이 넘었다. 아니, 아버지 손잡고 따라다닌 것까지 치면 40년 가까이 되었다. 본격적으로 산악인의 길을 걸은 것이 20년이다. 20대 후반에 쇼호스트가 되고 누구나 그렇듯 빨리 자리 잡고 두각을 나타내고 싶어 했다. 체력이 좋았던 나는 운동기구와 아웃도어 용품 쪽으로 집중 투입됐는데, 이쪽으로 전문성을 살리면 독보적인 위치를 선점할 수 있을 것 같았다. 마침 〈경향신문〉 '독자체험 코너'에서 "암벽등반 체험을 원하는 독자는 신청하세요"라는 공지를 보고 메일을 보냈다. 무려 3,000명 중에 내가 뽑혀서 북한산 인수봉에서 체험과 촬영을 하게 되었다. 기자 두 명, 암벽등반 전문가 두 명이 나왔더라. 그 두 명의 전문가 전용학, 김세준 선배는 내 사부가 되었고 지금은 대한민국을 대표하는 세계적인 클라이머다.

인수봉에서 장비 착용법과 간단한 동작 교육이 끝난 뒤 처음 바위를 잡는 순간 'destiny~' 온몸을 휘감는 전율을 느꼈다. '나, 이거 하게 될 거 같아.' 그때부터 미친 듯이 산에 빠져들었다. 코오롱 등산학교, 코리안 마운틴 가이드KMG, 익스트림라이더 등산학교를 졸업하고 암벽 등반, 빙벽 등반, 알파인 등반 등 모든 종류의 등반을 섭렵했다. 방송일의 특성상 평일에도 쉴 때가 있어 주말이든 평일이든 시간이 날 때마다 산으로 달려갔다.

마침 대한민국에 아웃도어 열풍이 시작될 때라 홈쇼핑 실적도 상종가였다. 등산복이든 등산화든 론칭하면 몇백 억씩 팔았고 시즌마다 외국의 산으로 촬영도 다녔다. 해외 원정 등반을 거의 매년 나가면서 국내 산악계에 이름도 알려졌다. 일본 북알프스와 홋카이도 대설산, 미국 요세미티, 유럽 알프스, 대만 대패첨산 등을 다녀왔다. 한 가지, 쇼호스트 일을 계속해야 했기에 히말라야에는 한 번도 못 가본 것이 아쉽다. 히말라야 원정은 최소 40일 이상이 필요하다.

대한민국 산악인 치고 『꿈속의 알프스』라는 책을 모르는 사람은 없다. 우리나라 최고의 클라이머이자 세계적 디자이너인 임덕용 선배가 젊은 시절 산에 미쳐 알프스까지 진출하는 이야기를 담은 책이다. 제목처럼 알프스는 산악인들이 누구나 가장 먼저 꿈꾸는 등반지다. 나도 그 책을 보며 알프스를 꿈꿨고 운 좋게 여러 차례 다녀올 수 있었다. 알프스에서 가장 높은 봉우리는 누구나 들어보았을 몽블랑이다. 이름도 얼마나 이쁜가? 프랑스 사람이 발음하면 정말 녹는다. 유명 브랜드 몽블랑의 하얀 로고가 몽블랑을 위에서 내려다본 모양이다. 몽블랑은 '하얀 산'이라는 뜻인데 이탈리아에서는 같은 뜻의 '몬테 비앙코'라고 부른다. 높이는 5,000m가 안 되고 난도도 높지 않지만 알프스 최고봉이라는 상징성 때문에 누구나 오르고 싶어 한다.

인류 역사에 등산이란 개념이 시작된 계기를 1786년 몽블랑 초등으로 본다. 미셸 가브리엘 파카르와 자크 발마 두 사람이 주인공이다. 200년도 더 전에 몽블랑을 오르기는 도대체 얼마나 어려웠을까? 지금도 몽블랑 아랫마을 샤모니에 가면 몽블랑 정상을 손으로 가리키는 두 사람의 청동 동상이 서 있다. 등반을 뜻하는 '알피니즘'이라는 말이나 최소한의 장비와 인원으로 속공등반하는 '알파인 스타일'도 알프스에서 유래했다. 요즘은 운 좋은 사람은 한 번 만에도 정상에 다녀오는데, 나는 무려 네 번 만에 성공했다. 첫 번째는 고소 증세, 두 번째와 세 번째는 악천후가 발목을 잡았다. 다섯 번 가서 두 번 올라갔다. 그 과정에서 정말 수많은 일을 겪었고 재미있는 추억도 많다. 몽블랑 말고도 그랑조라스 북벽, 드루 남벽, 아이거 북벽, 마터호른 회른리 리지, 코스믹 리지 등을 등반했는데 지금 생각해도 정말 꿈같은 시간들이었다. 그림처럼 아름다운 알프스 마을 샤모니와 체르마트는 보너스다. 너무나 그립다.

　많은 사람이 묻는다. 왜 그렇게 산에 가느냐고? 왜…? 글쎄, 모르겠다. 모름 어째? 세상만사 모든 일의 이유를 알 필요는 없지 않나. 에베레스트 초등을 시도하다 실종된 조지 멜러리 선배는 "산이 거기 있으니까."라는 산악계 최고의 명언을 남겼다. 내가 보기엔 "산은 산이요 물은 물이로다." 같은 선문답이다. 영국의 탐험가 톰 롱스태프 선배는 "등산은 미지의 세계를 탐구하려는 근원적인 본능이다."라고 했는데 나한테는 이 말이 더 와닿는다. 본능이니까 어쩔 수 없는 것 아닌가? 본능이니까 잘 모르는 것 아닌가? 하긴 멜러리 선배의 말도 같은 맥락인 것 같긴 하다. "어차피 내려올 거 뭐하러 힘들게 올라가냐?"라 묻는 사람에겐 "어차피 쌀 거 뭐하러 먹냐?" 하고 농을 치기도 한다.

일단 산은 우리에게 주는 것이 너무 많다. 건강과 힐링, 즉 육체적인 면과 정신적인 면에서 등산은 최고의 운동이다. 심장과 폐의 기능, 지구력, 근력, 유연성을 모두 균형 있게 강화시킨다. 그런데 정신적인 것이 훨씬 크다. 숲속으로 들어가면 누구나 아름답다고 느끼고 스트레스가 풀리고 행복해진다. 탁 트인 파란 하늘과 울창한 초록색 숲, 새와 벌레들의 노랫소리와 바람의 선율이 영혼을 어루만지는 것을 느낀다. 그 누구도 콘크리트 도시 속에서 그런 감정을 느끼지는 않는다. 우리가 아무리 일직선으로 뻗은 도로, 성냥갑 같은 회색 건물들, 네모 반듯한 스크린에 익숙해졌어도 수백만 년 동안 자연의 구성원으로 살아온 존재들이기 때문이다.

자연과의 유대감은 우리 DNA에 새겨져 있다. 오죽하면 동서양 할 것 없이 자연을 어머니mother nature로 불러왔겠는가? 게다가 창의성과 집중력 향상, 인지능력 향상에도 도움이 되고, 우울증에도 약이나 상담보다 더 효과적이라는 연구 결과도 있다. 나 역시 우울증과 공황장애를 고쳐준 것은 의사보다 산이었다. 니체는 "네 영혼이 고독하거든 산으로 가라."고 했다. 몸이 약했던 니체는 스위스 알프스의 질스-마리아라는 해발 1,800m 마을에서 8년을 보냈다. 그 기간 주변의 3,500m에 달하는 코바치봉을 비롯해 많은 산을 오르며 몸과 마음을 단련했고『즐거운 학문』, 『차라투스트라는 이렇게 말했다』,『도덕의 계보』를 썼다. 겨울 산의 차갑고 희박한 공기가 그의 정신을 단단하게 만들었다고 하니, 힘들 때마다 산에 올라보시라.

또 많은 사람이 묻는다. 정상을 정복하면 그렇게 좋냐고. 어마어마한 희열이 오지 않냐고. 나는 대답한다. 처음부터 끝까지 '씨발'이라고. 올라가는 내내 "씨발 씨발 씨발 씨발." 힘들고 춥고 배고파서 죽을 거 같으니까. 정상에 올라가면 어마어마한 성취감과 카타르시스를 느낄 거 같지? "야, 씨발! 빨리 사진 찍어! 빨리 내려가!" 이미 진이 빠져 죽을 거 같거든. 히말라야에서 실종된 박영석 선배의 다큐멘터리에서 일기장을 본 적이 있다. "이 짓을 또 하면 내가 개다." 세계 최고의 산악인도 할 때마다 그렇게 힘든 거다.

원정에서 돌아오면 체중이 많게는 10kg까지 빠져 있다. 한 달정도는 고기를 먹어야 한다. 살이 붙고 기운이 오를 때쯤 나도 모르게 '내년엔 어딜 갈까?' 하고 있다. 이러니 "미쳤냐?", "미친놈" 소리를 듣지. 정말 중독이고 본능인가 보다. 나는 후회 없이 모험하다 가고 싶다.

미국 요세미티 국립공원은 세계적인 암벽 등반 성지다. '파타고니아'의 창업주 이본 쉬나드, 워렌 하딩, 로열 로빈스 같은 선구자들이 거벽 등반의 황금기를 꽃피웠고, 지금도 딘 포터, 토미 콜드웰, 알렉스 호놀드 같은 미친놈들(나쁜 뜻 아님. 줄 없이 혼자 등반하는 극한의 프리 솔로 등반가들이기에)이 전위적인 예술혼을 불태우고 있다.

요세미티 등반의 거점인 캠프4에는 거지 같은 차림에 히피스러운 분위기의 클라이머들이 넘쳐난다. 빈 병을 주워다 팔아서 먹고사는 클라이머들도 있다. 그러다 내키면 아무 때나 바위에 달라붙어 탈인간급 등반을 하는 진짜 자유인들이다. 'Will belay for food'라 적은 종이판을 들고 서 있는 클라이머들도 있다. '빌레이'는 등반하는 사람의 줄을 잡아줘서 안전을 지켜준다는 의미다. '너 등반할 때 줄 잡아줄게. 밥 사줘.' 이런 뜻이다.

로컬 클라이머 문화는 서퍼 문화와 닮은 면이 있다. 이런 이너서클의 족속들은 세상 어디를 가든 같은 짓을 하는 족속을 만나면 그냥 버디buddy다. 저녁엔 전 세계에서 온 버디들이 모닥불 주변에 둘러앉아 맥주를 마시며 수다를 떤다. 캠프4의 그 공기가 그립다.

　요세미티의 랜드마크는 엘 캐피탄이라는 바위산이다. 무지무지하게 어마어마한 단일 바위로 높이가 1,000m다. 그 앞에 서면 머리 위로 쏟아질 것 같은 거대한 바위의 위압감에 짓눌려 등반을 시작하기도 전에 패닉에 빠지는 사람도 있다. 1,000m를 기어서 올라가는 데 6~7일이 걸린다. 일주일을 꼬박 절벽에 매달려서 먹고 싸고 자고 하면서 올라가는 거다. 처음 한 100m는 제법 쫄리지만, 그 뒤부터는 감각이 둔해진다. 마치 감각이 마비되어버린 듯 수백 m 절벽에 매달려서 잠도 잘 잔다. 그렇게 등반을 하는 동안 하늘과 바람과 바위와 나밖에 없는 것 같은 좁으면서 넓은 세계를 경험한다.

　그 절벽에서 운신의 폭 따위는 없다. 1m 남짓한 확보줄 하나에 매달려 비가 오든 눈이 오든 우박이 쏟아지든 바람이 몰아치든 그냥 다 때려 맞으며 버티는 수밖에 없다. 그런데 이 좁은 바위 턱에서 무한한 자유를 느끼다니 참 아이러니하다. 처음 요세미티에 갔을 때부터 우리 팀은 로컬 클라이머들에게 인정받을 정도로 꽤 멋진 등반을 보여줬다. 그때 만든 뮤직비디오는 산악계에서 완전 히트를 쳤다. 내년에 가서는 암벽에 매달려서 우쿨렐

레를 치면서 다같이 노래하는 뮤직비디오를 찍어올 계획이다. 노래는 뭘 하지? 벌써부터 신이 난다.

어릴 적부터 '문무文武를 겸비했다'는 말이 그렇게 좋았다. 얼마나 멋있나? 공부도 잘하고 싸움도 잘해. 이순신 장군, 안중근 의사, 셜록 홈스, 제임스 본드, 맥가이버,『퇴마록』의 백호, 아이언맨, 제다이 등등 요즘 말로 엄친아 되시겠다. 사람이 평생 한 가지만 제대로 하기도 쉽지 않다. 대개 머리 쓰는 사람과 몸 쓰는 사람으로 나뉜다. 머리와 몸을 다 쓰는 것, 그것도 다 잘 쓰는 사람은 하늘이 내린 복을 받은 거다.

난 공부는 웬만큼 했지만 덩치가 작았다. 싸워본 적도 없다. 대신 운동은 빡세게 했다. 산을 만난 후부터는 등반으로 나의 '무'를 연마하고 있다. 다리 힘을 기르기 위해 엘리베이터를 타지 않고, 밤마다 강변을 달린다. 방문에 철봉을 달아놓고 틈날 때마다 턱걸이도 한다. 악력기는 내 신체의 일부가 되었다. 출퇴근할 때는 책을 가득 넣은 배낭을 메고, 워킹 산행을 할 때도 배낭엔 쇠로 만든 장비를 채워 무게를 늘린다. 까칠까칠한 바위를 잡고, 바위틈에 손가락을 끼워 넣어 비틀다 보면 철사장이라도 연마한 듯 손가락과 손바닥이 딴딴해진다. 천 번의 연습, 만 번의 연습으로 단련을 계속하다 보면 경지에 올라 경공술도 쓸 수 있게 되지 않을까?

경공술 쓰기 전에 죽지 않는다면 말이다. 그러고 보니 죽을 고비도 여러 번 넘겼다. 친구 기용이, 사촌동생 버들이랑 알프스 원정을 갔을 때, 셋이서 줄을 묶고 눈이 쌓인 좁은 능선 위를 지나간 적이 있다. 내가 선두, 가운데 버들이, 기용이가 후미였는데 갑자기 기용이가 미끄러져 오른쪽 설벽 아래로 떨어져버린 것이다. 80도 이상 경사의 설벽은 높이가 300m 이상 되고 저 아래 바닥은 빙하였다. 추락해서 크레바스에라도 들어가버리면 한 100년 뒤쯤 발견될까? 천만다행으로 기용이가 떨어지는 순간 "추락!!!" 하고 외쳤다. 그 순간 나도 모르게 피켈을 눈에 꽂으며 앞으로 몸을 던졌다. 가운데 있던 버들이는 이미 기용이에게 딸려서 아래로 날아갔다. 정말 찰나의 순간에 제동이 돼서 설릉 위에 내가 엎드려 있고 둘은 저 아래 설벽에 대롱대롱 매달린 상황. 굳이 자랑하자면 내가 두 녀석을 구한 거다. 하지만 기용이 녀석이 소리치지 않았으면 셋 다 날아갔을 테니 모두를 살린 것은 녀석의 공이다.

몇 시간 뒤에는 암벽을 하강하다 빙하 지대에 내려섰다. 암벽과 빙하 사이 1.5m 정도의 크레바스를 뛰어서 50cm 정도의 빙하 모서리에 착 서야 하는 위험한 지점이었다. 뛰는 힘이 약하면 크레바스로 떨어지고 지나치면 빙하 너머로 굴러가는 극악의 난도를 보고 버들이가 패닉 상태에 빠진 것이 그의 눈빛에서 느껴졌다. "야, 이거 별거 아냐! 봐봐!" 하고 내가 먼저 뛰었다. "버들아, 내가 잡아줄 테니까 맘 놓고 뛰어! 약하면 안 되니까 조금 힘차게 뛰어!" 슈웅~ 날아오는 버들이의 실루엣 가운데 뭐가 반짝하더니 그게 내 허벅지에 와서 퍽 박히는 것이 아닌가? 빙벽 등반용 아이젠의 앞으로 나온 뾰족한 날이었다.

오른쪽 허벅지에서는 피가 계속 났고 통증으로 정신이 혼미해질 지경인데도 그 다리를 질질 끌고는 새벽 1시에 겨우 산장에 도착했다. 피를 얼마나 흘렸는지 빙벽화 안이 절벅거릴 정도였다. 겨우 지혈만 하고 다음 날 샤모니로 내려와서 샤모니 종합병원에 가서 꿰맸다. 조금만 옆으로 들어갔으면 다리를 못 쓸 뻔했단다. 나한텐 그 말이 귀에 들어오지 않았다. "내일 몽블랑 올라갈 건데 괜찮겠죠?" 의사가 어이가 없다는 듯 웃었다. "이 근처에 관광지 많으니까 놀다가 집에나 가세요." 하는 거다. 그런데도 로비 의자에서 졸고 있던 팀원들에게 "괜찮대요! 내일 올라가도 된대요." 하고 부지불식간에 거짓말을 하고 말았다. 결국 악천후로 올라가다 후퇴했는데 귀국하고 보름쯤 지나자 다리가 너무 아파왔다. 병원에 가서 상처를 열었더니 속이 썩었단다. 다리를 못 쓸 뻔했단다. 이놈의 다리는 맨날 못 쓸 뻔했단다. 지금까지 잘만 쓰고 있고만.

알프스 3대 북벽 중 가장 웅장한 그랑조라스 북벽은 한 번도 뚫린 적 없는 거대한 성벽 같은 위용을 뽐낸다. 정말 멋지다! 우리가 갔을 땐 낙석이 너무 많아 공포 그 자체였다. 밤톨만 한 낙석에 헬멧이 찌그러질 정도였으니까. 헬멧이 없었으면, 아니 낙석이 조금만 더 컸으면 죽었을 것이다. 뺨 옆을 스친 손톱만 한 돌조각은 기어코 살을 찢어놓았다. 큰 놈은 수박만 한 게 몇 m 옆으로 지나가는데 슈웅 하는 소리가 어찌나 소름 끼치던지….

아이거 북벽에서는 제1 설원을 지나 내가 선등을 나가려고 하는데 천둥 치는 소리가 나더니 오른쪽 올라가야 하는 루트를 따라 눈사태가 쏟아졌다. 3분만 일찍 갔어도 다 죽을 뻔했다. 그날 밤에는 비바크Bivouac(등산에서 텐트를 사용하지 않고, 지형지물을 이용하여 밤을 지새는 것)하다 저체온증으로 죽을 뻔했고 결국 아침에 헬기에 구조돼서 내려왔다.

몽탕베르 기차역에서 올려다보이는 드루는 뾰족하게 하늘을 향해 솟은 첨봉이다. 신의 권위를 상징하는 높디높은 첨탑을 가진 거대한 성당 같다. 드루 남벽을 등반할 때는 정상 150m를 남기고 우박이 쏟아졌는데 우박과 눈폭풍 속에서 밤새 수십 피치를 하강해야만 했다. 정말 아찔한 탈출이었다.

이렇게 죽을 고비를 몇 번 넘기고 나니 세상사에 마음이 더 편해졌다. 호연지기라 할까. 영화 〈폭풍 속으로〉에서 패트릭 스웨이지가 한 "좋아하는 일을 하다 죽는 것은 비극이 아니다."는 말에 나는 전적으로 공감한다.

내 인생영화 중 하나인 〈버킷리스트〉에서 미국 최고의 부자인 에드워드(잭 니콜슨)와 가난한 카터(모건 프리먼)가 시한부 선고를 받고 한 병실에서 만난다. 둘은 죽기 전에 해보고 싶은 일을 번갈아 적은 리스트를 만들고, 에드워드의 재력으로 하나씩 실행하며 항목을 지워간다. 하지만 마지막까지 실행하지 못한 것이 제일 먼저 적은 'Witness something truly majestic(최고로 장엄한 광경을 목격하기)'이다. 가진 것이 돈밖에 없는 부자도 죽을 때까지 못 이룬 것을 나는 여러 번 해냈다.

그랑조라스 북벽을 등반할 때다. 4,000m 절벽에 매달려 엉덩이 한 짝만 붙인 채 비바크를 하려는 순간 거대한 몽블랑 산군에 노을이 내려앉는데 그 장엄함은 말로 표현이 안 되었다. 그저 눈물이 날 뿐이었다. 절벽에 서로 떨어져 있어서 혼자 마음껏 울며 그 장엄함을 목격할 수 있었다. "아름다운 것들은 관심을 바라지 않지… 아름다운 순간을 보면 난 카메라로 방해하고 싶지 않아… 그저 그 순간 속에 머물고 싶지…." 〈월터의 상상은 현실이 된다〉의 사진작가 숀 오코넬(숀 펜)의 말처럼 나도 그저 그 순간에 머물고 있었다.

결국 나는 산에서 나를 찾았다. 그리고 인생도 알았다. 오르막이 있으면 내리막이 있고, 성공을 위해 도전하지만 실패하기도 하며, 꿈꾸고 꺾이고, 믿고 배신당하고…. 하지만 산이 늘 거기 있는 것처럼 나는 내 길을 묵묵히 걸어가면 된다. 전설적인 등반가 예지 쿠쿠츠카 선배는 "긴 세월을 평범하게 살며 얻는 것보다 더 많은 것을 저 높은 곳에서는 한 달 사이에 체험한다."라고 했다. 산악인의 인생 경험치는 그래서 일반인과는 다를 수밖에 없다. 생각의 깊이도 다를 수밖에 없다. 조로早老하는 것도 운명이다.

하나 더, 산에는 비교가 없다. 경주가 아니다. 누구에게나 각자의 산이 있을 뿐이다. 에이스 등반가들에게는 7,000m급, 8,000m급 고산거벽도 도전해볼 만하지만, 보통사람에게는 설악산 대청봉도 평생에 한번 올라보고 싶은 목표일 수 있다. 우리 동네 128m짜리 황금산도 큰 마음을 먹어야 하는 사람도 있으니까. 높이나 속도가 중요하지 않다. 평생 나만의 산을 오르고 싶다. 어렵거나 쉽거나 산과 하나가 되는 기쁨을 누리고 싶다. 자연의 소리를 듣고 고독을 즐기는 법도 배우고 싶다.

살면서 문득문득 먼저 떠난 우리 산악회 사람들이 생각난다. 창구 형, 보순 누나, 문기, 동윤이 형, 창호 형, 일진이 형, 창훈이 형, 김형주 선배…. 20여 년 동안 많이도 떠났다. 너무너무 그립다. 누군가 떠날 때마다 정말 슬프고 힘들다. 그런데도 그만두지 못하는 팔자도 참 희한하지. 산사람들은 맑은 영혼을 가졌다. 그래서 좋다. 무뚝뚝하고 외골수로 보이는 사람도 있지만 속은 참 맑다. 언제까지나 이들과 등반하고 싶다.

5년 전 아내를 만났을 때 이런 취미를 가진 사람은 걱정돼서 못 보겠다고 하더라. 그래서 "산을 내려놓겠다."라고 했다. 그런데 난 산에 가야 살겠다. 작년에 공황장애를 겪은 뒤로 더 절실해졌다. 재작년에 왼팔꿈치 인대가 파열돼 어차피 지금은 등반도 못한다. 치료와 재활에 집중해야 할 때다. 수리가 다 끝나면 다시 한 번 라 만차의 풍차를 향해 달려들어 봐야겠다.

내 나이와 여건상 7대륙 최고봉7 Summits은 어려울 것 같다. 하지만 알프스 3대 북벽은 꼭 오르고 싶다. 그랑조라스 등반에는 성공했지만 아이거는 실패했으니 몇 년 안에 아이거와 마터호른 북벽을 같이 등반하고 왔으면 좋겠다. 일단 내년 요세미티에 가서 몸부터 풀고 오자. 헬렌 컬러의 말처럼 어차피 인생은 과감한 모험이든가 아니면 아무것도 아니니까.

메멘토 모리

~~~~~

방송을 시작하기 직전에 리허설을 한다. '리허설'은 생방송과 똑같이 미리 해보는 예행연습이다. 리허설을 해봄으로써 여러 출연자와 많은 스태프가 참여하는 생방송을 매끄럽게 완성하고 방송 사고도 방지할 수 있다.

그런데 인생에는 리허설이 없다. 리허설을 할 수 없을 때 생방송을 실수 없이 준비하려면 머릿속으로 수없이 시뮬레이션하는 수밖에 없는 것처럼 인생의 중요한 순간도 그런 준비가 필요하다. 특히 사람이라면 누구나 겪게 되는 죽음이라는 문제는 꼭 한번 진지하게 생각해볼 필요가 있다.

인간은 유한한 존재이니 언젠가는 죽는다는 것을 누구나 알고 있지만 그 언젠가가 언제일지 모르기에 우리는 죽음에 미리 대비할 수도, 자신의 마지막을 상상하기도 힘들다. 어쩌면 그것이 신이 준 선물이라고 할 수도 있으리라. 하지만 아이러니하게도 태어난 그 순간부터 타이머에 남은 시간은 줄어들고 있다는 사실을, 정확하게는 타이머의 시간이 정해져 있음을 우리 인간들은 믿지 않는다. 우리는 전쟁이 끝나지 않은 휴전 국가에서 살고 있다는 사실을 잊고 사는데 저 멀리 미국 사는 친척은 뉴스에 북한만 나와도 곧 전쟁이 날 것처럼 걱정하는 그런 느낌이랄까.

누구는 삶이 더 힘들기 때문에 언제 올 지 모르는 죽음까지 생각할 여유가 없다고 말하기도 한다. 하지만 반백 년을 살아내고 나니 이제는 어떤 모습으로 죽을 것인가가 어쩌면 삶을 살아가는 목표인지도 모르겠다는 생각이 든다. "죽음이 무엇인지 알면 삶이 무엇인지 알게 된다."는 이어령 선생의 말이나 "죽음을 받아들이면 그 이후로는 무엇이든 가능하다."는 알베르 카뮈의 말은 같은 맥락이 아닐까.

메멘토 모리Memento mori, '죽는다는 것을 기억하라.'는 이 말은 고대로부터 지금까지 시대적 요구에 맞게 애용되어왔다.

고대에서 메멘토 모리는 죽음이 모든 인간의 공통된 운명임을 강조하고, 삶의 순간순간을 소중히 여기며 겸손하게 살아가야 한다는 철학적, 윤리적 교훈을 담은 의미로 쓰였다. 고대 로

마에서는 승리한 장군이 개선 행렬을 할 때, 화관을 든 노예가 장군의 곁에서 계속 "메멘토 모리."를 속삭이게 해 승리의 영광에 도취되지 말고, 모든 인간의 최종적인 운명인 죽음을 잊지 말라는 메시지를 전달했다고 한다. 이는 아무리 높은 지위에 올랐더라도, 모든 인간은 죽음 앞에서는 평등하다는 진리를 상기시키기 위한 것이었다.

　또 초기 기독교에서도 메멘토 모리는 인간의 존재와 삶의 의미에 대한 성찰을 유도하는 데 사용되었다. 죽음을 두려워하지 않고 영적인 삶을 추구해야 한다는 교훈을 널리 알리는 데 쓰였으며 이는 종교적 상징과 예술 작품에서 자주 등장했다. 메멘토 모리는 중세 기독교의 중요한 개념으로 이어졌고 예술, 문학 그리고 종교적 의식을 통해 사람들의 마음속에 깊이 새겨졌다. 예를 들어, 중세 미술에서는 해골, 시계, 모래시계 등 죽음의 상징이 자주 등장하여 인생의 덧없음을 상기시키는 도구로 사용되었는데 이는 사람들에게 자신의 죄를 회개하고 영적인 삶을 추구하도록 동기를 부여하기 위함이었다.

　근대 산업 혁명과 과학적 발전은 죽음에 대한 인식을 크게 변화시켰다. 의학의 진보로 인간의 기대 수명이 증가하면서 더 오래 살 수 있는 방법을 고민하게 된 것이다. 현대 사회에서는 죽음에 대한 태도가 더욱 다양해졌다. 죽음을 자연스러운 삶의 일부로 받아들이는 사람들이 있는 반면, 어떤 이들은 이를 지연시키려는 노력을 계속한다. 또한 호스피스 케어 같은 사전 준비와 임종 과정에 대한 관심이 증가하면서 죽음에 대한 개방적인 대화가 더 많이 이루어지고 있다.

시대마다 문화적인 차이를 보이긴 하지만 이를 모두 관통하는 깨달음은 죽음을 정면으로 마주하고 죽음을 깊이 생각할수록 우리의 삶은 완성을 향해 나아간다는 관점이다.

예외 없이 누구에게나 한 번뿐이라는 점에서 삶은 갑절로 더 귀해진다. 그만큼 귀한 삶을 정말 귀하게 완성하는 것은 태어난 자의 의무다. 누구도 자신의 삶을 방기하거나 망가뜨릴 권리는 없다. 어차피 끝나는 인생, 빈손으로 떠날 텐데 아무렇게나 살면 어떠냐는 식의 허무주의에 빠지거나, 죽음 이후의 (있는지 없는지, 있다면 어떤 것이 있는지도 모르는) 삶을 기대하며 현생을 극단적으로 사는 것 역시 옳지 않다. 지금 이 삶을 더 의미 있게 만들어가고 다함께 풍요로운 삶, 충만한 삶을 추구하는 것이 우리의 의무다. 죽음은 삶의 완성 끝에 존재할 뿐이다.

현시대를 살아가는 우리에게 '죽음'은 어떤 의미일까.

"네가 세상에 태어날 때 너는 울었지만 세상은 기뻐했으니, 네가 죽을 때 세상은 울어도 너는 기뻐할 수 있는 삶을 살아라." 나는 나바호 인디언들의 이 말이 좋다. 나에게 메멘토 모리는 이렇게 살아야 한다는 뜻으로 다가온다.

나이가 오십이 넘으니 떠나가는 사람이 많아졌다. 그들의 죽음을 생각해본다. 세상 모든 죽음이 안타깝고 슬프지만 유독 공허함과 그리움으로 나를 슬프게 한 사람들….

나를 어엿한 쇼호스트로 키워주신 은사 고려진 선생님, 함께 등반하던 창구 형을 비롯한 산악계 선후배들, MBC 방송아카데미 동기이면서 쇼호스트 후배인 영은이가 생각이 난다. 그들의 죽음에 나는 목놓아 울었다.

고려진 선생님은 대한민국 방송 역사에서 최고의 여성 방송인이었다(내게 최고의 남성 방송인은 차인태 아나운서다). TBC와 KBS에서 최고의 아나운서로 시대를 풍미하고 은퇴한 뒤 대한민국에 홈쇼핑이란 것이 처음 생길 때 최초의 쇼호스트가 되어 임원까지 오른 전설적인 방송인이다. 예순넷에 은퇴하실 때까지 방송을 무려 40년을 하셨다.

내가 입사하고 아무것도 모르던 천둥벌거숭이일 때 거의 매일 고려진 선생님이 계시던 이사실로 불려가 눈물이 쏙 빠지게 야단을 맞았다. 정말로 울면서 집에 간 적도 있다. '내가 저 마귀할멈 때문에 회사를 때려치워야지!' 생각했을 정도였으니까. 그런데 지나고 보니 틀린 말씀이 하나도 없는 거다. 결국, 선생님이 은퇴하신 다음에 매달 찾아뵐 정도로 찐 스승이셨고 나한테는 정말 엄마 같은 분이셨다.

40년 방송하면서 한 번도 안 아팠다고 하실 만큼 자기 관리에 완벽했던 분이 은퇴 후에 실명을 하고 건강이 급속도로 나빠져 일찍 돌아가신 것이 아직도 원통하다. 지금도 그 카랑카랑한 목소리로 "강한별(내 본명)! 넌 너무 착해! 방송하는 사람이 그렇게 착해 보이면 안 돼!" 하시던 말씀이 귓가에 맴돈다. "너 안경 벗어라! 방송하는 사람은 안경 쓰는 거 아니야!" 하셔서 렌즈를 했더니 "강한별! 너 안경 다시 써라, 얘!" 하셔서 절망한 일도 있었다.

예쁘고 똑똑해 청주 MBC 아나운서로 활동하던 영은이. 청주에서 혼자 지내기 외롭다고 LG홈쇼핑 입사를 준비할 때 내게 도움을 요청했다. 나는 기꺼이 코칭해줬고 영은이는 당연히 합격했다. 입사하자마자 방송 잘한다고 소문까지 났다. 열심히 성실히 삶을 살아가던 친구, 후배이지만 본받을 게 많은 그런 친구가 교통사고로 먼저 떠났다. 사고 나기 며칠 전 밥먹자는 전화가 왔는데 그때 못 본 것이 후회로 남는다.

목소리가 따뜻하고 은근했던 창구 형은 내 산 사부 중 한 명이다. 진정 행복하게 산을 탈 줄 아는 산 사나이였다. 등반 실력도 출중했고 가르치기도 잘했다. 구하기 힘든 장비나 등산복을 "너 써~." 하면서 쓰윽 넣어주던 배려심 넘치는 형이었다. 익스트림라이더 등산학교를 다닐 때는 몰래 특별 과외를 해줘 내가 최우수상을 타는 데 큰 도움을 주기도 했다. 창구 형 장례식에서 나는 태어나서 가장 많은 술을 먹었다.

이들은 내가 만나본 어떤 사람들보다 진실된 삶을 살았다. 어떤 순간에도 반짝반짝 빛이 났다. 그리고 그들의 죽음은 나를 큰 슬픔에 빠뜨렸다. 시간이 오래 지나도 문득문득 그들이 그립다. 치열하고 너그럽고 삶에 충실했던 사람들.

내게 죽음이 찾아오는 그날, 나는 웃을 것인가 울 것인가. 그것은 지금 내가 어떤 삶을 살고 있는가에 달려 있을 것이다. 매일 매일을 충실히 인간답게 살아내는 것, 그것이 가장 중요한 것 아니겠는가.

열심히 생각하고 있는데 블라디미르 장켈레비치가 한마디 던진다. "인간이 용의주도하게 준비해도 소용없다. 더구나 정확히 무엇을 준비해야 하는지도 모른다. 죽음은 항상 처음 찾아오는 것이며, 우리는 하나같이 준비하지 못한 채로 있다. 가장 예견되는 사건이 역설적이게도 가장 예측 불가능한 것이다." 맞다. 죽음

자체, 죽음 이후, 죽는 사람, 남는 사람, 남는 사람 주변의 사람들까지 생각할 것들이 너무나 많다. 그런데 그것들은 모두 '나'의 생각일 뿐이다. 정작 어떤 일이 일어날지는 아무도 모른다.

이렇게 저렇게 죽음에 대해 집중하면 할수록 내 마음속에서 커지는 생각은 결국 이것 하나였다. '어떻게 살아야 할까?'

죽음의 문제는 삶의 문제와 하나인 듯하다. 사실 죽음, 즉 끝은 내 삶의 연속성의 끝에 위치한 것이니 매일의 일상, 평생의 삶이 제대로 이루어져야 멋있는 끝맺음도 존재하리라. 그렇다. 우리가 할 수 있는 죽음의 준비는 더 나은 삶을 살려고 노력하는 것이며 그것만이 좀 더 의연하게 죽음이라는 숙명에 마주할 수 있도록 해준다. 잘 살아야겠다. 죽음 앞에서는 오롯이 '나'일 뿐일 텐데…. 나를 위해서라도 정말 잘 살아야겠다.

죽음에 둔감해진 시대

예전에는 대가족을 이루고 친척끼리 군락을 형성해서 사는 것이 흔했다. 우리 아버지 세대만 봐도 7남매 정도는 매우 흔한 일이었다고 한다. 그런 대가족 사회에서는 가족의 죽음을 어렵지 않게 접한다. 식구가 많다는 것 외에도 옛날에는 척박한 생활 환경과 감염병 때문에 가족의 죽음을 흔하게 겪을 수밖에 없었다. 형제, 자매가 성인이 되기 전에 죽는 일도 흔했고 지금보다 수명이 길지 않았으므로 할머니 할아버지의 죽음을 어린 나이에 만나기도 했다.

가족의 죽음, 측근의 죽음은 엄청난 아픔과 상처를 남기지만 동시에 열심히 살아가야겠다는 생각을 갖게 하기도 한다. 가족의 죽음으로 남은 다른 가족들이 실의에 빠진 모습을 보았고 그

역시도 다시는 겪고 싶지 않아서다. 내가 죽으면 우리 부모님이 얼마나 슬퍼할까를 상상해보는 것과 그 슬픔을 직접 목격한 것은 천지차이일 것이다.

현대 사회는 의학의 발전으로 조기 사망률이 현저히 낮아진데다 수명도 늘었다. 게다가 핵가족 중심이다. 그러니 현대 사회에서는 성인이 될 때까지 가족이나 친척의 죽음을 겪어보지 못하는 사람이 많다. 이는 다시 말하면 죽음을 직접 맞닥뜨렸을 때 느낄 수 있는 감정을 모른다는 뜻이기도 하다. 이 아픔과 충격을 극복할 힘 역시 키울 수 없다.

하지만 또 다른 의미로 우리는 죽음이 넘쳐나는 세상에서 살고 있다. 측근의 죽음을 보진 못했지만 여러 미디어가 보도해대는 죽음을 매일같이 보고 있는 것이다. 아이가 성인이 될 때까지 20만 명이 죽는 것을 보면서 자란다는 통계도 있다. TV, 영화, 유튜브 등 여러 미디어에서는 매일같이 사람이 죽는 영상이 쏟아진다. 아, 지구가 통째로 망하는 영화도 있으니까 80억이 죽는 것을 볼 때도 있구나! 게임을 하면 수없이 많은 플레이어를 가상의 세계에서이지만 직접 죽이기도 한다. 이렇게 미디어를 통한 죽음에 어릴 때부터 노출된 세대들은 죽음에 무뎌질 수밖에 없다. 나는 그런 세태가 너무 슬프고 안타깝다.

아파트 놀이터에서 한 무리의 초등학생이 놀고 있다. 지나다 보면 "죽을래?", "죽여버려!" 같은 말들이 예사로 들려온다. 죽음이 무엇인지 알 리 없는 아이들의 말에도 죽음이 흔하다. 고등학생의 말은 훨씬 더 무섭고 살벌하기까지 하다. 그들은 사랑하는 이의 죽음을 직접 겪어보았을까? 그랬다면 저런 말을 예사로 할 수가 없다.

게다가 세상을 뒤흔드는 거대한 질량(?)의 죽음들, 대형 재난들이 무시로 닥쳐와 우리를 집단 트라우마와 집단 무기력에 빠뜨린다. 환경 파괴로 자연재해는 규모와 빈도를 늘려가고 있고, 건물이 무너지거나 배가 가라앉는 것 같은 인재도 줄어들지 않는다. 스마트폰만 열면 매일같이 자동으로 이런 사건과 뉴스가 튀어나오니 이렇게 죽음이 흔한 시대가 있었나?

핼러윈을 즐기러 거리에 나간 젊은이 159명이 길에서 압사했다. 서울의 길거리에서 잠깐 사이에 159명이. 159명… 159, 304, 192, 502.

하지만 사람의 생명은 이렇게 한 뭉텅이 숫자로 처리해서는 안 된다. 한 사람 한 사람의 생명은 온 우주보다 귀하기 때문이다. 스물다섯 청년이라 하면 25년 전 그가 태어났을 때 부모와 온 집안이 얼마나 기뻐했을지 생각해보라. 첫 뒤집기, 첫 걸음마,

돌잡이, 유년기를 지나 12년의 학교를 마치고, 치열한 수험생 시기를 견뎌내며 대학교에 들어가서 캠퍼스의 낭만과 연애의 행복을 맛보기까지, 꽉 찬 한 인간의 성장 서사가 있었을 것이다. 남자라면 빡세게 군대도 갔다 왔을 테다. 사회에 나가 성공하고 가정을 이룰 꿈을 꾸고 있었을 테다. 그 시간 동안 함께한 가족, 친구들과 지인들, 수많은 경험과 방대한 공부, 무한한 잠재력을 가진…. 그런 '사람'이 159명이나 죽었다. 그 어마어마한 시간과 기억과 관계가 함께 소멸했다. 소우주가 사라졌다.

아직 세월호의 노란 리본을 달고 다니는 사람이 많다. 나도 그렇다. 10년이 지났지만 지금까지 밝혀지지 않은 것들이 많다. 내 사촌동생이 이 친구들의 단원고 한 학년 선배라 더욱 남 일 같지가 않다. 피어보지도 못한 채 스러져간 꽃들…. 부모의 마음은 감히 상상도 못하겠다. 친구를 잃은 아이들은 또 어떨까…. 그 아이들이 이제는 성인이 되었다. 그런데 이태원에서 또 젊디 젊은 청년들을 그렇게 잃은 것이다. 너무나 안타깝다.

내가 성인이 된 뒤에만 삼풍백화점, 성수대교, 대구지하철, 세월호, 이태원 그리고 코로나 팬데믹까지 어마어마한 참사들이 이어졌다. 작년 여름 청주에선 지하도에 물이 쏟아져 들어와 순식간에 열네 명이 사망한 참사도 있었다. 매일같이 들려오는 흉악 범죄들, 불특정 다수를 향한 묻지마 범죄, 이유 없는 분노에 갇혀 행인들에게 칼부림을 하고, 여성을 향한 증오 범죄도 계속된다. 서이초등학교의 한 선생님은 학부모의 괴롭힘 끝에 스스로 목숨을 끊었다. 누군가를 최후의 순간까지 몰아붙이는 것은 살인과 다름없는 짓이다. 예상할 수도, 준비할 수도 없는 죽음을 맞는 사람이 너무 많다.

그럼에도 불구하고 사람들의 죽음은 권력에 의해, 미디어에 의해 폄하되기도 하고 어쩔 수 없는 일이 되기도 한다. 매번 비슷한 사건이 발생해도 책임을 회피하기에 급급하고 인재니 아니니 쉰소리만 해댄다. 그리고 숫자에 파묻혀 그냥 지나간 사건이 되고 만다.

특히 사회의 부조리가 원인인 죽음은 이런 숫자 뒤에 비극을 숨긴다. 죽음을 다루기 불편해하고, 죽음을 받아들이기 힘들어하는 마음이 희생자를 '숫자'로 만드는 것이다.

그리고 사람들은 착각을 한다. 저건 남의 일이야. 나한테는 일어나지 않을 거야. 이런 일이 끊임없이 일어나는데도 말이다. 그 착각에서 벗어나 살아남은 자들인 우리는 기억해야 한다. 10년이 지나도 20년이 지나도 잊지 말아야 한다. 그런 비극적인 죽음을 조금이라도 줄이기 위해 우리 모두가 깨어 있어야 한다. 죽음에 무뎌지지 말자. 죽음에 무뎌지는 순간 생명은, 삶은 가치를 잃는다.

죽음에 대한 감수성이 높다면, 제대로 된 죽음의 의미를 안다면 이런 참사에는 분노해야 한다. 참사를 겪은 가족들의 개인적인 트라우마와 슬픔을 넘어서 사회적 차원으로 이를 인식해야 한다. 원인을 밝히고 책임자를 처벌하고 다시는 같은 일이 반복되지 않게 장치를 마련해야 한다.

또 우리는 우리 이웃의 어둡고 쓸쓸하고 차가운 죽음을 외면하면 안 된다. 바로 자살과 고독사 말이다. 익히 알려진 대로 우리나라의 자살률은 OECD 1등, 부동의 1등이다. 하루에 서른일곱 명, 39분마다 한 명이 목숨을 끊고, 여성 자살률이 남성의 두 배나 된단다. 자살 기도로 응급실에 실려오는 사람이 연 4만 3,000명인데 그 절반이 10대, 20대란다. 청소년들과 청년들을 죽음으로 내모는 사회, 과연 이 사회가 건강한가? 그저 너무나 비통할 뿐이다.

자살하는 사람들에게 '의지가 약하네, 배가 불렀네, 뭐가 부족해서?' 하면서 이해보다는 비난을 하는데 익숙하다. 오랜 기간 동안 종교적 이유로 또 사회적 이유로 자살은 죄악으로 취급되었기 때문이다. 하지만 자살을 마음먹는 사람, 자살을 실행하는 그 마음은 이미 바닥까지 떨어진 상태 아닐까? 자살하는 사람이 합리적인가 도덕적인가가 중요하겠나? 아니, 이성적으로 판단하고 자살하는 사람보다 마음을 먹을 새도 없이 충동적으로 자살하는 사람도 얼마나 많은가? 아무도 그 사람의 상황과 심정을 알 수 없다.

우울증이나 공황장애가 절대적인 자살 원인이라고 한다. 나도 2년 전 우울증과 공황장애를 앓았지만, 다행히도 자살 충동은 없었다. 그래서 나 역시 자살을 택할 수밖에 없는 사람의 심정을 알지 못한다. 하지만 그들이 그런 선택을 하기 전에 우리 모두 돌아보고 손 내밀어주고 보듬어주는 노력이 필요하지 않을까?

유명인의 자살은 사회적으로 충격과 반향이 크다. 개인적으로 가장 기억에 남는 사람들이 김광석, 로빈 윌리엄스, 록밴드 린킨 파크의 체스터 베닝턴이다.

나보다 꼭 열 살이 많은 김광석은 내가 군대에 있을 때 세상을 떠났다. 고등학생 때부터 유일하게 좋아한 대중가수였다. 지금도 그의 앨범을 다 가지고 있고, 여전히 자주 듣고 자주 부른다. 훈련소 마치고 자대 배치된 날 신고식에서 〈이등병의 편지〉를 불러 고참들에게 된통 욕을 먹기도 했다. 원래 신고식에서는 신나는 노래를 부르며 춤을 춰서 고참들 흥을 북돋워야 하는데 잔뜩 처지고 우울한 노래를 불렀으니. 그가 떠난 겨울 가뜩이나 서럽던 이등병 5호봉의 그날, 침낭 속에서 숨죽여 울었다. 김광석은 타살 의혹으로 얼마 전까지도 시끄러웠다. 죽은 후에도 편히 잠들지 못했을 그가 참 안됐다.

작년 성탄절 밤에 고독사한 60대가 발견되었다. 성탄절 밤인데…. 한 해 3,000명 이상이 고독사하는데 매년 8.8%씩 는다. 남자가 85%인데 그중 50대가 제일 많다. 딱 내 또래다. 열 명 중 여섯 명은 술과 함께 마지막을 맞으며, 평균 27일 뒤에 발견된다. 그전에도 혼자였겠지만 죽음을 맞고도 27일이나 홀로…. 그저 너무너무 쓸쓸하고 슬프다.

사망 현장을 수습하는 유품정리사들은 부패할 대로 부패해 바닥이 흥건할 정도에 구더기가 들끓고, 정말 냄새가 심한데도 창문도 열지 못한 채 일한다고 한다. 대부분 사업이나 결혼 생활 실패, 가족과의 갈등 때문에 사회와 단절되고 가족과 절연해서 홀로 된 경우가 많고, 가족에게 짐이 되기 싫은 마음과 짐을 떠안기 싫은 부담으로 서로 연락을 피하다 죽음 이후에야 아는 경우도 있다고 한다.

요즘은 청년들의 고독사도 늘고 있단다. 『고립의 시대』에서 노리나 허츠는 "외로움은 죽음에 이르는 병"이라고 했는데, 죽음 자체도 이렇게 외로워서야…. 누군가 잡을 손도 없이 홀로 죽음을 맞는 심정은 상상도 못하겠다. 이것은 인간 존엄성의 문제다. 정부와 지자체 차원에서 AI 돌봄 로봇 같은 대책을 내놓고 있지만, 우리도 손을 내밀어야 한다. 그 누구보다 가까운 이웃이기 때문이다. 이웃과 더불어 살아가는 사회가 조금은 회복되었으면 좋겠다. 우리 손을 내밀어보자.

사회가 병들어 발생하는 자살과 고독사, 남의 일이 아니다. 같은 사회에 살고 있는 우리는 언제나 같은 위험에 노출되어 있다. 사회적 문제는 여러 측면에서 해결책을 마련해야 하겠지만 개개인의 마인드 리셋도 필요하다고 본다. 제대로 살기 위해 제대로 된 죽음을 준비하자.

영생은 말고
백이십 살까지만 살아볼까?

~~~~~~~~~

죽음이 나를 스쳐간 일도 여러 번 있었다. 고등학교 때 가족과 함께 홍천강에서 물놀이를 하다 강을 헤엄쳐 건너가는데 딱 중간쯤에서 힘이 빠졌다. 놀라서 서려고 했는데 발이 닿지 않는 거다. 중간쯤에 갑자기 깊어지는 곳이 있다고 들었는데 객기를 부리다 죽을 위기를 맞은 것이다. 그때 어려서 학교 선생님이 해준 이야기가 퍼뜩 떠올랐다. 발이 닿지 않을 땐 쑥 내려가서 바닥을 차고 올라오라고. 되더라! 겨우 살아서 나왔다.

군대 있을 땐 군종 목사의 지프차를 타고 논길을 달리다 차가 논으로 날아가 논두렁에 처박혀서 죽을 뻔했다. 둘이 아이스바를 먹었는데 운전하던 목사가 아이스바를 떨어뜨려 당황하는 바람에 핸들을 놓친 것이었다. 다음 순간 '부웅' 하는 소리와 함께 차가 날고 있었다. 정말 날고 있었다. 논으로 날아가 한 30m 쯤 미끄러지다 논두렁에 충돌하고 멈췄는데, 정말 그 찰나의 시간에 20여 년 내 인생이 주마등처럼 스쳐갔다.

그 이후에도 몇 차례나 이런 경험을 했다. 등반이 취미였으니 추락 사고도 많이 겪었고 눈보라에 조난 당한 적도 있고 바로 눈 앞에서 눈사태가 나는 아찔한 경험도 했다.

알프스에서 가장 멋있고, 위험하고, 등반하기 어려운 곳이 세 곳 있다. 흔히 '알프스 3대 북벽'이라고 한다. 아이거 북벽, 그랑 조라스 북벽, 마터호른 북벽이다. (3대 북벽은 내 버킷리스트에도 올라 있다. 그랑조라스는 성공했고 아이거는 실패해서 앞으로 아이거랑 마터호른에 도전해야 한다.)

11년 전 그랑조라스 북벽 등반에 성공하고 이탈리아 쪽으로 하산하는 길에 눈사태가 우리 20m 앞으로 스쳐 지나갔다. 몇 분만 일찍 갔다면! 7년 전 노범 형이랑 주영이랑 아이거 북벽을 등반할 때도 눈사태를 겪었다. 셋이 번갈아 선등을 했는데 내 차례가 돼서 나가려 하는 순간 '우르릉' 하더니 제2설원에서 눈사태가 쏟아지는 것이다. 이때도 3분만 일찍 나갔으면 셋 다 죽었을 것이다. 그날 내 평생 가장 추운 밤을 보냈다. 이상 고온으로 만년설이 녹아 폭포처럼 쏟아지는 물을 맞으며 비바크를 하는데 저체온증으로 정말 죽을 뻔했다. 저체온증이 오면 환상이 보인다고들 했는데 진짜였다. 밤새 환상을 보면서 헛소리를 하더란다. 저체온증 상태에서 따뜻한 집에 있다는 환각에 빠져 옷을 다 벗어 얼어죽는 일이 있다는 이야기도 들었는데 겪어보니 그럴 수도 있겠다 싶었다. 우리는 새벽에 겨우 구조 요청이 닿아 헬기로 구조되었다.

정말 요행히 살아남았지만 암 수술하고 반년 만에 원정을, 그것도 악명 높은 아이거 북벽에 도전한 것은 말 그대로 미친 짓이었다. 그 힘들다는 암과 맞서 싸우고 스스로 사지를 향해 떠난 모양새 아닌가. 일단 죽으려고 산에 간 것은 아니니 그 등반은 정말로 잘못된 결정이었음이 분명하다.

산을 타는 것은 어찌 보면 삶의 축소판일 수 있다는 생각을 가끔 한다. 등반은 자연의 웅장함을 가장 가까이에서 느낄 수 있고 내가 자연의 일부임을 깨닫게 해주며 신체적, 정신적 한계를 뛰어넘기 위해 노력하는 과정이다. 정상에 올라 도전을 완수했을 때 느끼는 성취감은 나를 행복하게 만들며 일상생활로 다시 돌아가 열심히 생활하도록 에너지를 준다. 또 산악인들끼리의 교감과 등반을 통해 생기는 우정과 소속감은 다시 도전에 나서게끔 하는 용기를 제공한다. 도전하고, 성취하고, 사랑하는 삶의 축소판! 맞지 않은가?

그런데 너무 위험한 것도 사실이다. 등반을 더 이상 하지 않겠다는 것은 아니지만 앞으로는 나이에 맞춰 살짝 얌전히 산을 타자 생각 중이다(이 말은 아내가 가장 좋아할지도, 그러나 '아예 안 가면 어때?'라고 할 것도 뻔하다). 지금은 가능하면 오래 살고 싶기 때문이다. 오래 살고 싶은 이유는 이생에서 해보고 싶은 것이 많아서다. 내 주변에는 "난 딱 육십 살까지만 살고 갈 거야!" 하는 사람들이 몇 있다. 대개 젊은 애들이다(사실 나도 어릴 적엔 그랬던 기억이!). 그런데 내가 그 나이에 가까워지니 생각이 바뀐다. "근데 말야, 애들아, 내 나이 돼봐라. 해보고 싶은 일도 해야 할 일도 너무나 많단다."

나의 기대 수명은… 백이십 살 정도? 그때까지 남에게 폐 안 끼칠 정도로 몸이 건강하고 감성이 살아 있다면 말이다. 지금 성인들의 수명은 120세, 아기들은 140세 이상이 될 것이라는 말이 나온다. 겉으로는 "아유, 지겨워서 그때까지 어떻게 산데?" 하면서 속으로는 "제발~!"을 외치는 내 모습이 우습기도 하다.

사람 욕심이 끝이 없어서, 더 오래 살고 싶어 하는 사람도 많다. 심지어 영원히 살고 싶어 한 사람들도 있지 않았나? 불로초를 구하던 진시황부터, 어느 재벌 회장은 매년 일본에서 온몸의 피를 젊은 사람의 피로 싹 갈고 온다는 풍문도 있었다. 페이팔의 공동창업자 피터 틸은 "영원히 사는 것이 나의 목표!"라고 공공연히 말한다. 〈프로메테우스〉, 〈승리호〉 같은 영화나 많은 소설에도 영생의 비법을 찾으려 혈안이 된 회장님들이 나온다. 2200년쯤이 되면 인간은 죽음을 극복할 거라 말하는 연구자도 있다.

죽음을 거부하는 인간의 원초적인 욕구에 기술이 더해지면서 다양한 방법이 제시되는데, 영화 〈엘리시움〉처럼 의료용 포드에 들어갔다 나오면 모든 병이 치료되는 것도 있다. 구체적인 기술은 알 수 없지만 암을 겪었던 사람으로서 이런 기술은 얼른 나왔으면 좋겠다.

인간 신체와 기계의 결합이나, 기억을 기계에 업로드하는 방식으로 수명을 연장하려는 시도도 있다. 〈트랜센던스〉, 〈정이〉, 〈서복〉, 〈어벤져스〉에는 자신의 정신을 기계에 옮긴 사람들이 나온다. 안드로이드에 옮기기도 하고 슈퍼 컴퓨터에 옮기기도 한다. 브레인 업로딩(메모리 업로딩), 브레인 다운로딩이라는 기술이다. 〈6번째 날〉, 〈레벨 문〉에서는 복제 인간에게 기억을 옮긴다. 이런 것들을 모두 트랜스휴머니즘, 포스트휴머니즘이라고 한다.

미래학자 레이 커즈와일은 『특이점이 온다』에서 "인공지능(AI)

은 2045년쯤이면 인간의 능력을 추월할 것이며, 인간과 컴퓨터가 연결돼 '초인류'로 거듭날 것이다."라고 했다. 유발 하라리도 호모 사피엔스가 '호모 데우스'로 진화해 신과 같은 능력을 가진 존재가 될 것이라고 예언한다. 기아, 역병, 전쟁을 모두 극복하고 AI, 생명공학, 비유기체와의 합성을 통해 장수를 넘어 신과 같은 불멸의 존재가 된다는 것이다. 현재는 일론 머스크의 뉴럴링크가 가장 가까이 가 있는 듯하다. 프랑스 철학자 파스칼 브뤼크네르는 프랑스인답게 더 시크하게 표현한다. "썩은 고깃덩이, 내장 뭉치였던 우리는 사이보그, 실리콘 덩어리가 된다."

이쯤 되면 묻지 않을 수 없다. 도대체 인간이란 무엇인가? 생명이란 무엇인가? 어디서 어디까지가 '나'인가? 신체의 몇 퍼센트가 '자연산'이면 인간인가? 로보캅처럼 뇌만 살아 있으면 되는가? 기억만 있으면 '나'란 말인가? 줄줄이 따라오는 철학적, 윤리적인 문제들…. 생명 연장에 대한 고민은 결코 쉽지 않은 주제들로 생각의 지평을 넓혀준다.

〈인 타임〉은 내가 주변 사람에게 자주 얘기하는 영화다. 과학은 아니니까 SF라기보다는 판타지인가? 어쨌든 영화의 세계관에서는 말 그대로 시간이 돈이다. 스물다섯 살이 되면 노화가 멈추고 팔에 새겨진 시계에 1년의 시간이 주어진다. 노동의 대가로 시간을 받고 소비의 수단으로 시간을 지불한다. 시간은 수명이며 동시에 돈이다. 커피 한 잔에 4분, 버스 요금은 2시간, 스포츠카는 59년 하는 식이다. 시계가 0이 되면 심장이 멈춰 죽는다. 시간을 빼앗거나 훔치는 범죄자도 물론 있다. 부자들은 팔에 몇 백 년의 시간을 입력해놓고 나머지 시간은 금고에 쌓아두면서 영생을 누린다. 가난한 사람들은 하루 벌어 하루 먹고사는 생활을 하다가 시간이 다 되면 그냥 쓰러져 죽는다. 정말 놀라운 통찰을 보여주는 영화다. 이미 빈부 격차에 따라 수명의 격차가 커지기 시작했기 때문이다.

나는 영화 속 부자들을 눈여겨봤다. 몇백 년을 산 부자들은 감정의 동요가 없다. 언제나 무표정하다. 시간의 흐름에 따라 인간의 감성은 소모되다 말라버리는가 보다. 그럼 영원히 사는 것이 무슨 의미가 있을까, 즐거움이 없는데. 죽음이 있다는 건 끝이 있다는 뜻이다. 영생은 끝없는 무한루프가 아닐까. 삶은 끝이 있기 때문에 아름다운 것이다. 무생물은 죽지 않는다. 그들은 죽은 채로 영원히 존재할 뿐. 그들이 살아 있다고 말하지 않는 것처럼 죽지 않는 것들에게는 삶 자체가 없다. 이런 것들의 영원한 삶은 영원한 죽음이다. 혹시라도 그들에게 영혼이 있다면 영생은 형벌이 아니겠는가.

나는 영원히 살고 싶은 마음은 추호도 없다.

김장환의 소설 『굿바이, 욘더』에는 죽은 이들의 기억으로 만들어진 가상세계 '욘더'가 나온다. 천국의 사이버 버전이라 할 만하다. 아마도 미국 철학자 로버트 노직의 '경험 기계experience machine'에서 모티브를 얻지 않았을까 싶다. 죽은 사람의 기억을 다운로드한 인공지능 아바타를 욘더에서 만나 다시 다른 삶을 살 기회를 얻는다. 그런데 산 사람이 죽은 사람과 함께 살기 위해서는 자신도 죽어서 욘더에 들어가야만 한다. 죽은 아내를 그리워하는 주인공 김홀처럼 자살을 하고 욘더에 들어갈 것인가? 욘더에 존재하는 것은 인간인가, 영혼인가? 디지털 세상에 데이터로 들어가는 것이 영생인가?

이렇게 죽음의 문제는 언제나 죽음 이후, 즉 내세의 문제와 이어진다. 모든 종교와 문화권에는 내세관, 죽음 이후의 단계 또는 세계가 있다. 이름도 천국, 천당, 극락, 낙원, 헤븐, 이데아, 엘리시온, 발할라 등등 다양하고, 반대 개념도 지옥, 연옥(가톨릭의 연옥은 사실 중간계이기는 하지만), 헬(영어의 'hell'이 아닌 발할라의 상대개념 'hel'), 시발바 등 다양하다. 전쟁 영화에서 부상당해 죽음을 앞둔 병사에게 군목은 "두려워하지 마라. 주님이 천국에서 부르신다."며 안심시키기도 한다.

이집트만큼 사후 세계에 정성을 들인 문화권이 또 있을까? 그들은 죽은 사람이 육체로 다시 돌아와 영생을 누린다고 생각해 미라를 만들었다. 사후 세계를 여행할 때 안내해주는 주문서 『사자의 서』에 따르면 영생을 얻기 위해서는 마아트의 심판을 통과해야 하는데 죄악이 담긴 심장의 무게가 진실의 여신 마아트의 깃털보다 가벼우면 천국에 갈 수 있다고 한다.

　　윤회를 믿는 힌두교 경전에는 "전생에 향수를 훔쳤다면 암컷 사향 쥐로 환생하고, 금을 훔쳤다면 끔찍한 손톱을 가진 인간으로 다시 태어나며, 스승의 배우자와 바람을 피웠다면 지상에서 풀 한 덩어리가 될 수도 있다. 풀 덩어리로 사는 것은 매우 지루하겠지만, 긍정적으로 생각했을 때 딱히 끔찍한 죄를 짓기도 어려울 테니 다음 환생에서 유리할 수도 있을 것이다."는 내용도 있다. 사후 세계로 인도하는 저승사자도 정말 많은 문화권에 존재한다. 다들 이동욱처럼 생기지는 않았지만 말이다. 종교마다 문화권마다 다른 독특한 내세관을 탐구해보는 것도 참 재미있다.

　　그런데 인류 역사에 동서고금을 막론하고 이렇게 공통적으로 등장한다는 것은 내세의 존재가 어느 정도는 신빙성이 있기 때문이 아닐까? 내세의 존재는 영혼이 실재함을 전제로 한다. 『죽음이란 무엇인가』를 쓴 셸리 케이건은 영혼이라는 것은 없다고 단언하지만, 나는 신학교를 다니던 시절 천사와 귀신을 본 적이 있어서 영혼과 영적인 세상이 있다는 것을 믿는다. 영적인 세상이 있다면 사후생도 있을 것이다. 하지만 그것이 기독교에서 말하는 천국인지는 솔직히 모르겠다.

나는 사실 죽음 이후의 세계에 별 관심이 없다. 죽어 덧없이 사라지든, 사후생이 존재해 영속적인 무언가가 되든, 나는 지금 이 시간과 공간에 충실할 것이다. 내가 어떤 사람인지, 진실하고 참되게 살고 있는지가 더 중요하지 않겠는가.

내가 살아 있는 동안 태양은 어김없이 동녘 하늘에서 떠오르고 계절은 어김없이 차례를 맞춰 돌아올 것이다. 무한에 가까운 우주와 영원에 가까운 시간 속에서 나는 먼지보다 사소한 존재일지 모른다. 해변 모래밭에 찍힌 발자국이 파도 한 번 지나가면 사라지는 것처럼 내 존재도 사라질지 모른다. 그래서 더 현재의 삶에 충실하고 싶다.

죽음의 방식을
선택할 수 있다면

~~~~~~~~~~

　죽음을 생각하다 보니 당연히 좋은 죽음과 나쁜 죽음이 궁금해진다. 정신과 의사 스캇 펙 박사는『죽음을 선택할 권리』에서 좋은 죽음으로 살인이나 자살이 아닌 자연스러운 죽음, 육체적 통증이 없는 죽음, 용서와 화해가 잘 이루어진 죽음, 죽음을 받아들이는 죽음, 작별 인사를 하는 죽음을 꼽았다. 우리나라에서는 서울대학교 의대에서 설문조사를 했는데 가족에게 부담이 되지 않는 죽음, 가족이나 의미 있는 사람이 함께하는 죽음, 주변 정리가 잘 마무리된 죽음, 통증에서 해방되는 죽음, 의미 있는 삶의 끝에 만나는 죽음이 '좋은 죽음'으로 꼽혔다.

　누구나 동의할 만한 내용인데 정작 나 자신은 어떤 죽음을 맞을지, 아니면 어떻게 죽고 싶은지 깊이 생각해본 적이 있나 싶다.

막연히 '살 만큼 살다가 아프지 않고 죽었으면 좋겠다.' 정도 아닐까? 죽음이라면 불편하고 불안해 애써 외면하고 있지 않은가?

미국 아이비리그 3대 명강의 중 하나인 '죽음론'의 셸리 케이건 교수는 "우리는 기계와 다를 바 없다. 다만 훨씬 더 많은 것을 하는 기계다. 말하고, 소통하고, 생각하는 매우 특별하고 놀라운 기능을 수행하는 기계다. 우리의 육체가 더 이상 기능하지 못하는 것, 그것이 바로 죽음이다."라고 정의한다. 무상함도 측은함도 없는 기계적이고 객관적인 통찰이다. 하지만 나는 이런 시각에 반대한다. 신체적, 물리적인 죽음보다 정신의 소멸이 더 인간적이지 않을까? 식물인간같이 신체가 살아 있어도 정신이 기능하지 못하는 상태는 죽은 것이나 마찬가지라고 생각한다. (혹시 언제든 내가 그런 상태가 되면 연명 치료고 뭐고 지체 없이 보내달라.) 종교나 사후 세계의 유무를 떠나 인간이란 존재가 물질적인 차원으로 한정된다면 서글프다.

얼마 전에 우리나라 여성의 평균 수명이 처음으로 80세를 넘어섰다는 통계가 나왔다. 수명보다 중요한 것이 건강 수명이다. 백 살이 넘었어도 20년을 치매로 고통받는다면 삶의 의미가 있을까. 나는 육체는 병들었더라도 정신만은 맑은 상태로 죽음을 맞고 싶다. 나의 증조할머니가 그랬다. 할머니는 아흔다섯에도 정정하셨다. 기억력도 좋았고 말씀도 잘하셨다. 볕 좋은 오후 점심을 드시고 거제 고향집 툇마루에서 낮잠을 주무시다 조용히 돌아가셨다.

인간의 수명이 늘면서 내가 죽음을 맞이할 때가 되면 스스로 죽음의 방식을 선택해야 될지도 모른다는 생각을 종종 한다.

대학교 때 눈물 펑펑 쏟으면서 읽었던 김정현의 소설 『아버지』에서 주인공 한정수는 췌장암 말기 판정을 받는다. 평생 공무원으로 일했지만 직장에서 도태되고 가족들과도 멀어진 외로운 중년의 아버지. 암으로 고통받다가 친구인 의사에게 요청해 안락사를 택한다. 나는 엄마가 담도암이 췌장으로 전이되어 돌아가셔서 췌장암이 얼마나 힘든지 안다. 존엄사의 문제는 앞으로 점점 더 중요하게 부각될 것이다.

나는 연명 치료에 반대한다('반대한다'보다는 '나는 안 하겠다'가 맞겠다). 이건 정말 본인의 의사가 명확히 반영되어야 한다. 내 의지대로 살 수 있는 만큼만, 인간의 존엄성을 지킬 수 있는 만큼만 살다 가고 싶다. 불의의 사고로 연명 치료를 받아야 하는 상태나 코마에 빠진다거나 하면 그냥 보내주길 바란다. 누구나 죽음을 생각해본다면 이런 문제도 어떻게 대처할지 가족과 미리 공유할 수 있을 것이다. 영국 여성 질 패로는 "내 삶이 다했고 죽을 준비가 됐다고 느낀다."며 라인 강변에서 마지막 만찬을 즐기고 존엄사했다. 현장에는 남편이 함께했다고 한다. 이렇게 품위 있고 아름답게 삶을 마무리하는 방법도 괜찮지 않은가?

나에게 만약 확정된 죽음의 시점이 다가온다면, 일단은 평소보다 더 바빠질 듯하다. 주어진 시간이 얼마 없으니 말이다. 내 성격상 공개를 하겠지? 그러고 사람들을 두루 만나서 인사를 해야 하겠다. 우울하고, 눈물이 나기도 할까? 남은 시간 안에서 해낼 수 있는 것들을 몰아서 끝내야겠지. 예를 들어, 완성하지 못한 책이 있다면 죽기 전에 어떻게든 끝낼 수 있도록 달릴 것이다. 모든 것이 마무리되면 아직 움직일 수 있을 때 혼자 히말라야에 가고 싶다. 이기적인 생각이고, 히말라야에 잠들어 아직 찾지 못한 선배들과 그 가족들에게 실례가 될 수도 있지만, 나는 그렇게 하고 싶다. 무기력하고 의미 없이 생존의 시간을 늘려가는 것은 살아 있는 것이 아니라고 생각해서다. 그렇게 산과 하나가 되어 발견되지 않아도 좋겠다.

코끼리는 죽음의 시기가 다가옴을 알면 무리에서 떨어져서 아무도 모르는 코끼리 무덤으로 간다고 한다. 산처럼 쌓여 있는 뼈와 상아 위에 홀로 고요히 몸을 누이고 죽음을 받아들인다.

생명은 존재 자체만으로 가치 있는 것이다. 하지만 나는 성장과 성취, 꿈과 행복이 없다면 과연 살아 있다고 해도 진짜로 살아 있는 것인지 모르겠다.

어떻게 살아야 잘 살 수 있을까? 〈월스트리트저널〉의 부고 전문기자 제임스 해거티는 부고를 작성하기 전에 세 가지 질문을 한다고 한다. '인생에서 무엇을 이루고자 했는가? 그 이유는 무엇인가? 목표를 이루었는가?' 호스피스 간호사 브로니 웨어의 『내가 원하는 삶을 살았더라면』과 오츠 슈이치의『죽을 때 후회하는 스물다섯 가지』에는 죽기 전에 사람들이 후회하는 것들이 나온다. "나 자신에게 정직하지 못했고, 따라서 내가 살고 싶은 삶을 사는 대신 주위 사람들이 원하는 삶을 살았던 것이 후회된다."는 사람이 많았다. "시도하지도 못했던 꿈들", "진짜 하고 싶은 일을 했더라면…", "친구들과 연락하며 살았어야 했다. 다들 죽기 전에 얘기하더라. 친구 ○○○를 한 번 봤으면…", "사랑하는 사람에게 고맙다는 말을 더 많이 했더라면…", "좀 더 겸손하고 친절하고 따뜻했더라면…", "내가 살아온 증거를 남겨두었더라면…", "나에게 더 많은 행복을 허락했더라면…"

예전에 미국에서 90대 노인들에게 일생에서 가장 후회되는 점이 무엇이냐고 물었더니 90%가 '모험을 더 해보지 못한 것'이라고 대답했단다. 나는 지극히 단순하고 평범하여 얘깃거리조차 없는 삶을 살고 싶지 않다. 그런 삶은 생각만 해도 끔찍하다. 끔찍한 삶이 되지 않도록 진정 원하는 것, 하고 싶은 것이 무엇인지 버킷리스트를 작성해보자.

나는 미완의 '알프스 3대 북벽' 등반을 마치고 싶다. 히말라야 8,000m 14좌 중 하나는 올라보고 싶다. 대학원 공부를 마쳐야겠다. 졸업하지 못한 언론대학원에 복학할지, MBA에 들어갈지 고민 중이다. 퍼시픽 크레스트 트레일Pacific Crest Trail(PCT)과 트랜스 부탄 트레일Trans-Bhutan Trail(TBT) 완주하기, 오로라를 보고, 울룰루에 오르기, 아흔 살에 마라톤 풀코스 완주, 프리다이빙 배우기, 프랑스어 배우기, 세상이 망하지 않도록 환경과 기후 운동에 매진하기, 아너 소사이어티 들어가기, 작은 도서관 만들기, 내 회사를 창업해 사업하기, 그리고 책을 스무 권 출간하고 싶다.

세상에 무언가 남기고 싶은 것은 인간의 가장 큰 욕구와 본능 중 하나다. 대다수 사람은 자식을 낳아 자신의 DNA를 남긴다. 나는 어릴 때부터 예술가들을 동경했다. 자신의 작품을 영원히 세상에 남기기 때문이다. 그림, 음악, 문학, 영화를 하는 사람들은 매력적이다. 그래서 나는 글을 쓴다. 스토리텔링 책과 지혜롭게 나이 먹는 방법에 관한 책, 내 등반기를 모은 책을 준비하고 있다. 소설도 꼭 써보고 싶다. 딸 시아를 자신의 삶을 영위할 수 있고 세상에 보탬이 될 반듯한 성인으로 키워내기(평범해 보이는 이것도 우리 여건상 버킷리스트에 올라갈 일이다), 이 모든 것을 실행하기 위해 건강과 체력을 언제나 최상의 상태로 유지하기.

온 힘을 다해 삶을 사랑하자. 살아 있는 동안, 숨쉬고 있는 동안 충만한 생명력을 느끼자. 남겨놓고 갈 사람들을 위해서도 평소 많이 사랑하고 준비를 해두어야 하겠다. 놀고 즐기는 것이 인생의 낙이 되지 않았으면 좋겠다. 배우고 실천하고 남을 위해, 세상을 위해 조금이라도 보탬이 되는 인생이 되길 소원한다. 파스칼은 "선하고 경건하게 사는 것이 죽음을 대비하는 최선의 길."이라고 말했다. 하나씩 항목을 지워가다 보면 죽음을 맞이할 때 인생이 풍요로웠다 만족할 수 있겠지.

이제 오십을 지났다. 지천명知天命이라는 나이, 그런데 하늘의 뜻을 알기는커녕 이렇게 미숙할 수가…. 우주의 나이는 138억 년이다. 138억 년을 1년으로 치면 인간의 수명은 기껏 0.23초. 말 그대로 찰나구나. 내게 남은 짧은 시간 동안 겸손하게 최선을 다해 태어난 값을 해야겠다. 시간의 흐름과 나이를 먹는 것을 편안하게 받아들일 수 있는 사람이었으면 한다.

고집만 세지고 다른 사람 말 안 들으려 하는 편협한 늙은이가 되지 말아야겠다. 머리가 다 빠지고 이도 다 빠지고 눈은 흐려지고 깊은 밭이랑이 얼굴을 덮어도 끊임없이 배우고 깨달음을 찾아야겠다. 마음이 넉넉하고 품이 따뜻해서 사람들이 피하지 않는 늙은이였으면 좋겠다. 그리고 제발 감성과 낭만은 늙지 않았으면…. 백 살이 되어도 눈을 뚫고 일찍 핀 봄꽃을 보며 노래 부르고, 힘든 이를 보면서 눈물짓고, 부조리한 세상에 분노할 수 있었으면 좋겠다. 저승길에 가져갈 수 있는 유일한 재산, 추억이 정말 많았으면 좋겠다.

그리고 그날이 오면 언제가 되었든 겸허하게 받아들일 수 있기를. 이성적이고 맑은 상태에서 맞이할 수 있기를. 하루라도 더 살려달라 버둥거리지 않고 스스로 만족하며 후회 없이, 아쉬움 없이 갈 수 있을 만큼 살았으면 좋겠다. 갑자기 죽음이 찾아와도 비명이 크지 않았으면 좋겠다. 쪽팔리지 않고 품위 있게 갔으면 좋겠다. 기왕이면 "자알 살았다! 하하하~." 웃으며 평온하게 눈을 감을 수 있었으면 좋겠다.

셰익스피어의 시처럼 나는 노년에 사랑이 많은 사람이었으면 좋겠다. "가을이 가면 누런 잎 하나 남지 않는 겨울이 오듯이, 해가 지면 죽음 같은 밤이 황혼을 삼키듯이, 불탄 자리에 하얀 재가 남듯이, 시간은 흐르고 사람은 늙어간다는 것. 그것을 알아

차리면 머지않아 잃을 수밖에 없는 것들을 더욱 사랑하게 되리라."(『셰익스피어 소네트』73)

『죽음의 수용소에서』를 쓴 빅터 프랭클 박사가 아흔두 살로 세상을 떠난 뒤 제자들은 그를 기리며 "그의 영혼은 호수처럼 맑았다."라고 했다. 내가 들은 추도사 중에 최고로 기억된다.

내가 죽은 뒤 누군가 나의 영혼은 호수처럼 맑았다고 해줄 수 있을까? 내가 그런 삶을 살 수 있을까? 바른 사람, 좋은 사람, 따뜻한 사람, 세상에 보탬이 된 사람으로 기억될 수 있었으면 좋겠다. 내가 태어났을 때 아버지는 시를 쓰셨다. 내가 죽을 때 누군가 또 시를 써주었으면 좋겠다.

정말 그렇구나. 죽음에 대해 생각하다 보니 어떻게 살아야 할지를 더 많이 생각하게 되었구나.

메멘토 모리.
죽음을 기억하라.
너도 죽는다는 것을 기억하라.

글을 쓰던 중에 거제도에 사는 삼촌이 갑자기 뇌졸중으로 쓰러져 뇌사 판정을 받았다. 가족은 꼭 일주일 만에 호흡기를 떼고

삼촌을 보냈다. 건강했던, 우리 집안에서 몸이 제일 좋았던 삼촌
이다. 죽음은 이렇게 순서도 없이 예고도 없이 들이닥친다.

나중에 봐요, 삼촌….

악마를 보았다

~~~~~~~~

2003년 2월의 그날, 나는 오후 방송을 위해 오전 늦게 집을 나섰다. 회사에 가서 점심을 먹고 방송 준비를 할 생각이었다. 쇼호스트실에 들어가는데 공기 중에 침울함이 가득했다. 벽에 걸린 TV를 바라보는 동료들의 얼굴은 넋이 나가 있었다. 어느 여자 선배는 눈물이 흐르는 것도 몰랐다. 대구 지하철 참사였다.

그때의 감정을 어떻게 표현해야 할까? 숨이 턱 막히고 손이 떨렸다. 사람들이 불에 타 죽었다. 머릿속은 엉망진창이 되어 멍했다. 누구나 눈물이 안 터질 수 없는 상황이었다. 그런데 우린 다 곧 생방송을 들어가야 한다. 이런 상황에서 이런 감정으로 생방송을 할 수 있을까? 간절히 빌었다. 회사 사장이 결단을 내려 생방송을 중단하고 재방송이라도 내보내면서 애도를 표했으면….

물론 그런 일은 일어나지 않았다. 오히려 쇼호스트실에 들어온 팀장 김○○은 눈물을 흘리고 있는 쇼호스트들에게 호통을 쳤다. "저게 니들이랑 무슨 상관이야? 방송 들어가면 웃으면서 경쾌하게 해!" 전국이 상갓집 분위기인데 웃으면서 한 개라도 더 팔라고 강요하다니. 그때가 처음이었다. '이 인간 뭐지?' 했던 것이. '사람이 어떻게…?'와 같은 마음이었다. 그날 200명 가까운 시민이 사망했다. 나는 무슨 정신으로 방송을 했는지 모르겠다. 다만 그 악귀 같았던 팀장의 얼굴은 생생히 기억이 난다.

그 팀장은 팀원인 우리 쇼호스트들에게 매주 숙제를 내줬다. 협력업체 본사나 공장을 찾아가서 자료조사를 하고 사진과 동영상을 찍어서 레포트를 제출하라고 닦달을 했다. 쇼호스트 네 개 팀 중에서 우리 팀이 늘 1등을 해야 한다는 것이었다. 팀을 위해서라니까 코피 나게 열심히 했다. 그렇게 만들어낸 자료를 자기 혼자 한 것처럼 짜깁기해서 사장실에 제출했음을 안 것은 몇 달 동안 개고생을 하고 난 뒤였다. 그러다 그가 갑자기 잘렸다. 방송을 한 상품, 특히 컴퓨터나 가전제품을 협력업체에서 갈취해 옥션에 팔아온 것이 해당 회사의 고발로 드러난 것이었다. 나가면서도 쇼호스트들에게 메일을 보내 세일즈 전사로서 세일즈 감각을 단련하기 위해 그런 짓을 했다는 궤변을 늘어놓은 인간이었다.

입만 열면 거짓말을 한 여자 팀장 김○○도 있었다. 팀장이 되자마자 외부 활동을 이유로 팀원 세 명에게 징계를 내렸다. 당시는 쇼호스트의 외부 활동이 엄격하게 금지되어 있었지만 영리 추구 활동이라기보다는 잡지 인터뷰 같은 경미한 사안이었는데도 말이다. 징계를 받으면 2주간 출연이 정지되니 월급의 반이 날아간다. 게다가 쇼호스트가 쇼호스트를 징계하는 경우는 전무후무했기에 다들 황당해할 뿐이었다. 그러다 경쟁사 모니터링을 하던 내 동기 쇼호스트가 발견했다. CJ의 숙적 GS홈쇼핑 방송에서 우리 팀장의 목소리가 나오는 것 아닌가? 이건 단순한 외부 활동이 아니라 반역 행위다. 조사해서 증거를 모으고 전체 쇼호스트와 팀장들, 임원들까지 모아놓고 그 영상을 틀었다.

"나 아닌데?" "거짓말! 당신이 언제 어디서 녹음했는지 알아."

"아는 PD 무료로 한 번 도와준 거야!" "거짓말! 당신이 얼마를 받았는지도 안다고."

"나는 쇼호스트 이전에 성우이기 때문에 성우 활동을 보장받았어." "거짓말! 인사팀장의 증언이 있어."

1분이면 들통날 거짓말을 꼬리에 꼬리를 물고 늘어놓는 모습은 사이코 드라마 한 편을 보는 것 같았다. 쇼호스트팀 전원은 실세 부사장에게 저 팀장을 내보내지 않으면 우리가 다 나가겠다고 선언했다. 김○○ 부사장의 반응은 "너희가 그런다고 내가 김○○를 버릴 것 같아? 난 김○○ 안 버려!"

버린다? 안 버린다? 이런 말이 왜 나오지? 우리 모두 둘의 관계를 의심할 수밖에 없는 정황이었다. 모두의 머릿속에는 같은 단어가 맴돌았다. '정부인가?' 그렇다면 우리가 졌다. 징계랍시고 3개월간의 유급휴가를 다녀온 그녀는 갑자기 사표를 던졌다. 대다수가 송별회에 빠지고 선배 두 명만 갔는데 그 자리에서도 거짓말이 꼬리에 꼬리를 물고 나오더란다. 너무 지쳐서 한동안 아무것도 안 하고 쉴 계획이라느니, 유럽에 가서 공부할 계획이라느니 주절대던 그녀는 일주일 후부터 경쟁사 현대홈쇼핑에 나오시더라.

쇼호스트 장○○은 입사할 때부터 나이를 속이더니 강의하던 쇼호스트 아카데미 학생들에게 자신이 CJ홈쇼핑 쇼호스트 팀장이라고 속여 여러 명의 여학생을 성 착취하는 만행을 저질렀다. 피해자들이 모여 단체 행동을 하기로 하고 〈월간조선〉 기자를 만났다는 소식이 전해지자 CJ홈쇼핑은 그날 바로 그를 방출했다. 지금 생각해도 아찔한 사건이었다. 기사가 나왔다면 당시 고영욱 사건과 맞물려 사회적으로 엄청난 반향을 불러왔을 것이다. CJ홈쇼핑에서 잘리고 나서도 이제는 CJ홈쇼핑 임원이 되어서 방송에 안 나온다고 사기를 치며 강의를 하고 다닌다는 소식을 들었다. 그 밖에도 업무와 관련해 뒤통수를 친 PD, MD들이 여럿이다.

내가 태어날 때 아버지는 학교 선생님이었다. 나중엔 개신교 목사가 되었다. 우리 집안은 4대째 철저한 기독교 집안이었다. 나도 자연스레 신학교로 진학했고 성직자가 될 뻔했다. 그러다 보니 대학교를 졸업할 때까지 욕 한마디 해본 적이 없었다. 내 주변엔 언제나 비슷비슷한 사람들뿐이었다. 그러다 방송국에 입사해 온갖 인간 군상들을 겪으면서 무척 혼란스러웠다. 특히 거짓말하고 뒤통수 치는 인간들을 볼 때마다 내 반응은 '이 인간 뭐지? 어떻게 사람이…'였다.

어떻게 사람이 이렇게 거짓말을 자연스럽게 하지? 어떻게 사람이 이렇게 뻔뻔하게 사기를 치지? 어떻게 사람이 이렇게 다른 사람 뒤통수를 치지? 어떻게 사람이 이렇게 공감 능력이 없지? 어떻게 사람이 이렇게 양심이 없지? 그냥 '양아치'라고 하기엔 정도가 너무 심하고 피해도 너무 컸다. 심리학 공부를 시작했다. 소시오패스, 사이코패스에 대해 알아갔다. 공상허언증, 과대망상, 리플리증후군도. 그중 비중이 가장 높고 피해도 가장 심각한 것이 소시오패스다. 소시오패스는 생각보다 많다. 백 명 중 네 명, 스물다섯 명 중 한 명 꼴이다. 사이코패스는 1% 미만인데 소시오패스는 4%나 된다. CJ홈쇼핑의 직원이 1,000명이었으니까 그중 마흔 명, 서울 시민이 1,000만 명이면 40만 명이 소시오패스란 얘기다.

심리학 공부를 시작할 때 정말 재미있게 그리고 소름끼치게 읽었던 책이 M. E. 토머스의 『나, 소시오패스』였다. 잘나가는 변호사, 법대 교수인 저자는 어느 순간 자신이 다른 사람들과 다르다는 것을 알아채고 자신을 분석해본다. 결과는 소시오패스. 소시오패스답게 충격받지 않고 차분하고 자신 있게 자신에 대해, 그리고 소시오패스에 대해 책을 썼다. 근래에는 하버드대학교 마사 스타우트 교수의 『이토록 친밀한 배신자』, 『그저 양심이 없을 뿐입니다』가 베스트셀러에 등극했다. 김경일 교수 같은 전문가들의 강의도 유튜브에서 쉽게 찾을 수 있으니 꼭 보았으면 좋겠다. 당신과 당신 주변의 선량한 사람들이 피해 입는 것을 막기 위해 누구나 알아야 한다.

마사 스타우트에 따르면 소시오패스와 사이코패스를 이분법적으로 나누는 것은 힘들다고 한다. 둘은 특징을 공유하는 경우가 많은데 양심이 전혀 없는 것이 공통점이다. 폭력 성향은 둘 다 그럴 수도 있고 아닐 수도 있다. 보통 사이코패스는 타고나지만, 소시오패스는 후천적으로 만들어진다고들 한다. 그런데 마사 스타우트는 소시오패스의 유전적 요인과 사회적 요인을 반반 정도로 분석한다. 대표적 사이코패스로는 히틀러, 스탈린, 푸틴, 〈양들의 침묵〉의 한니발 렉터, 연쇄살인범 유영철, 강호순, 이은해, 정유정, 조두순 등을 꼽을 수 있다. 얼마 전에 여자 친구를 감금해 머리를 밀고, 폭행과 강간을 하고, 얼굴에 오줌을 싸고 침을 뱉은 놈도 검사해봐야 한다. 유명한 소시오패스로는 도널드 트럼프, 셜록 홈스, 〈별에서 온 그대〉에서 신성록이 연기한 이재경, 〈나를 찾아줘〉에서 로자먼드 파이크가 연기한 에이미 던, 〈그레이 맨〉에서 크리스 에반스가 연기한 로이드 핸슨, 테라노스사의 엘리자베스 홈스, 그리고 앞에서 내가 만난 자들과 뒤에 나오는 수많은 자가 있겠다. '리플리증후군'이라는 용어의 기원이 된 퍼트리샤 하이스미스의 소설『재능 있는 리플리』의 리플리도 빼놓으면 안 되겠다.

반사회적 인격 장애antisocial personality disorder(ASPD)의 일종인 소시오패스의 가장 큰 특징은 공감 능력과 양심의 부재다. 마사 스타우트는 "악마 따위는 존재하지 않는다. 악은 우리가 볼 수 있거나 느낄 수 있는 어떤 존재가 아니라, 일종의 결핍이다. 악은 존재하는 무언가가 아니라 있어야 할 무언가가 없는 상태를 말한다."고 했다. 공감 능력은 없지만, 감정을 조절하는 데 능숙하고 타인의 감정을 이용하는 데 탁월하다. 양심이 없으므로 다른 사람의 권리를 무시하고 침해하며, 호시탐탐 타인을 조종하고 이용하려고 한다. 크든 작든 거짓말을 자주 한다. 권력을 남용하며 사회적 규범을 무시하는 데 거리낌이 없다. '양심의 가책'이란 것을 모르고, 따라서 두려움과 죄책감도 없다. 명석한 두뇌를 바탕으로 계산적이고 치밀하게 다른 사람의 심리를 조종하는데, 현란한 말재주와 탁월한 매력, 카리스마까지 가진 경우가 많다. 나르시시스트 성향이 강해 자신에게 반대하는 것을 용납하지 못한다.

김○○ 팀장은 막내였던 나를 따로 불러 팀에서 자기 뒷담화를 하는 팀원을 고발하라고 구슬렸다. 나를 잘 보았고 아끼고 있다는 가스라이팅과 함께. 이용 가치가 있고 필요할 땐 정말 친절하게 잘 대해주다가 필요 없어지면 차갑게 돌변하고, 거짓말하고, 남에게 덮어씌우면서 책임 회피를 잘한다. 악어의 눈물을 흘리면서 피해자인 척, 불쌍한 척하는 동정 연극pity play의 귀재들이다. 동정심은 상대를 무방비 상태로 만들기 때문이다. 앞에서 언급한 쇼호스트 장○○은 작업할 때마다 이혼 후 아이를 혼자

107

키우기가 너무 힘들다며 눈물을 보였다는 것이 피해자들의 공통된 진술이었다.

96%의 보통사람은 양심을 타고나기 때문에 소시오패스들의 행동을 봐도 믿지 못하고 '설마 그럴리가…' 하며 선의로 해석하곤 한다. 오히려 자신이 잘못했는지 돌아보기도 한다. 그러면 소시오패스는 그것을 적극적으로 활용해 그 사람의 뒤통수를 후려친다. 보통 감정에는 계산이란 것이 없다. 그런데 소시오패스에게는 계산 없는 감정이란 없다. 이런 특징들을 보면서 떠오르는 얼굴들이 있다면 조심하라. 양을 노리는 늑대가 당신 뒤에 서 있다. 그들은 어떤 죄책감도 없이 아주 오랫동안 잔인하게 당신을 괴롭힐 수 있다. 소시오패스와 엮이면 어떤 식이든 결말은 늘 파괴적이라는 것을 잊지 마라.

서울대학교병원 정신과 안용민 교수에 따르면 치료법은 특별한 것이 없고 행동요법이 권장되지만 이는 도벽이나 성도착증 등 몇몇 병적 행동에 효과가 인정될 뿐, 인격 장애 자체에는 효과가 없다고 한다. 그러니까 고칠 수 없다는 것이다. 마사 스타우트 역시 소시오패스는 절대로 바뀌지 않는다고 경고한다.

고통스럽겠지만 세월호 참사 이후를 떠올려보자. 일부 정치인들이 했던 망언을 잊을 수가 없다. 유족들이 꼽은 최악의 혐오

표현을 한 사람은 심지어 국회의원이었다. 유족들을 미개하다고 욕한 재벌 3세도 있었다. 당시 역사학자 전우용 교수는 "지난 1년 우리는 사람다움에 더 가까워졌는가, 짐승 같음에 더 가까워졌는가?"라고 물었다. 세상이 진보와 보수로 나뉜 줄 알았는데, 세월호 참사를 경험하고 보니 사람과 짐승으로 나뉘어 있었다.

공장에서 빵을 만들던 꽃다운 20대 여직원이 기계에 끼어 숨졌는데 장례식장에 빵 두 박스를 보낸 기업은 단체로 소시오패스 집단이 아닌가 싶다. 또 최근 5년 동안 스스로 목숨을 끊은 교사가 100명에 달한다고 하는데, 교육부가 가해자들(부모들)의 소시오패스적 행동을 방치한 결과라는 분석이 지배적이다. 얼마 전에는 웬 이상한 사기꾼이 대한민국을 들썩이게 했다. 펜싱 국가대표 출신 유명인의 약혼자라던 남자는 사실은 여자였고, 재벌 3세에 글로벌 유명기업 대주주이며, 자산이 51조라고 거짓말을 하고 다녔다. 정말 세상은 요지경이다. 이렇게나 많다.

우리 보통사람은 웬만해선 그들을 따라잡을 수 없다. 명석하게 태어나기도 하지만 공감 능력이 결여된 그들은 방해 없이 자기 자신에게만 집중하기 때문에 학습 시간이 우리보다 많다. 세월호 참사 때도 이번 10.29 참사 뒤에도 수많은 중고등학생, 대학생이 거리로 나와 촛불을 들었다. 또래의 친구들이 수장되고,

형, 오빠, 언니들이 압사당한 참담한 사건이 내 일 같고 내 친구 일 같아서 비통함을 참을 수 없어 뛰쳐나온 것이다. 그런데 그 순간에도 감정의 동요 없이 책상에 앉아 공부하는 아이들이 있다. 경쟁이 되겠는가? 어떤 일이 있어도 감정의 동요 없이 보고서를 쓰고 PPT를 만드는 자들과 회사에서 경쟁이 되겠는가? 사회 지도층 중 언행을 분석했을 때 소시오패스로 의심되는 사람들의 명단이 인터넷에 올라온 적이 있다. 대부분 최고 대학 최고 학부 출신이었다.

내 뿌리였던 기독교의 교리는 기본적으로 성악설이다. 하나님의 형상을 따라 만들어진 인간이 아담의 타락으로 원죄를 가지고 태어난다고 믿기 때문이다. "사람의 욕구는 끝이 없어 타고난 욕구대로 살도록 내버려두면 끝없는 투쟁이 벌어질 것."이라고 한 순자와 '만인에 대한 만인의 투쟁 상태'를 주창한 토머스 홉스가 함께 성악설 팀을 꾸렸다. '인의예지'의 맹자와 "인간은 본래 선하지만 사회와 문명 때문에 타락했다."고 한 장 자크 루소가 상대편 성선설 팀이다. 다 맞는 소리 같다. 나는 성선설로 약간 기우는 쪽이다.

요즘 들어 그 어느 때보다 사람다움, 인간다움, 인간성에 대해 더 고민하게 된다. 사람이 사람인 이유. 도대체 무엇이 사람이란 것인가? 우리는 호모 사피엔스 사피엔스(슬기 슬기 사람)다. 호모 사피엔스에서 나왔다. 거슬러 올라가면 네안데르탈인, 호모 에렉투스, 호모 하빌리스, 쭉쭉 올라가면 최초의 인류로 불리는 루시-오스트랄로 피테쿠스 아파렌시스까지 도달한다. 300만 년이 넘는 시간을 거슬러 올라가야 한다. 그사이 수많은 유인원과 호모 종들이 나타났다 사라지고 지금은 우리 현생인류 말고는 몇 종의 유인원과 원숭이뿐이다. 수없이 많은 투쟁과 경쟁 속에서 우리만 살아남아 지구를 지배하게 된 이유는 커뮤니케이션 능력, 즉 언어와 집단의 힘 덕분이라고 한다. 모든 인류학자, 고인류학자, 동물학자, 역사학자, 사회학자가 동의하는 바다.

집단을 이루고 커뮤니케이션을 하게 만든 원동력은 바로 공감 능력이다. 네안데르탈인은 만들지 못했던 대규모 집단, 함께 사냥하고, 함께 탁아를 하고, 함께 농사를 짓고, 지식을 공유할 수 있었던 호모 사피엔스의 힘. 눈의 흰자를 드러내 감정을 표시할 수 있는 종도 인간뿐이라고 한다. 심지어 눈까지도 공감의 도구로 진화했다. 제인 구달이나 프랑스 드 발 같은 영장류 연구가들은 침팬지에게도 일정 수준의 공감 능력은 있다는 증거를 보여줬다. 이렇게 침팬지도 가진 것을 소시오패스는 갖지 못했다. 그래서 악마라는 것이다.

뤼트허르 브레흐만은 권력을 가진 자들은 더 이기적이고 더 냉소적이고 더 공감 능력이 떨어진다는 뇌과학적 증거들이 있다고 했다. 미러 뉴런이 막히면서 마치 사회와 단절된 사람들처럼 더 나르시시스트가 되거나 더 거만해진다는 것이다. '가장 성공한 소시오패스'라는 도널드 트럼프가 핵 열쇠를 쥐고 있을 때 핵전쟁이 나지 않은 것은 정말 하늘이 도운 일이다. 다음과 같은 연설을 할 줄 알았던 오바마 같은 지도자가 절실하다.

"이 나라 연방 재정이 적자라는 이야기를 많이들 합니다. 하지만 나는 우리에게 공감 능력이 결여되었다는 이야기를 더 많이 해야 한다고 생각합니다. 그것은 다른 누군가의 처지가 되어보고, 우리와 다른 사람의 눈으로, 배고픈 아이들의 눈으로, 해고된 노동자의 눈으로, 당신의 방을 청소하는 이민노동자의 눈으로 세상을 바라보는 일입니다."

무엇보다 먼저 소시오패스에 대해 알아야 한다. 공부하자! 옛날 같으면 그냥 '이상한 놈', '미친놈', '나쁜 놈'이었다. 이제 유튜브 같은 미디어의 발달로 심리학과 정신분석학이 좀 더 가깝고 쉬워져 우리도 그런 성향을 가진 사람들의 실체를 나름 정확하게 분석할 수 있다. 우리 개개인의 안전과 우리가 사는 지구의 안녕을 위해 무지에서 벗어나 제대로 대처해야 한다.

두 번째, 소시오패스를 만났을 때 일단 피하라. 마사 스타우트는 회피가 사실상 가장 적절한 대응 방법이라고 했다. 어떤 종류의 접촉, 연락도 하지 마라. 김경일 교수도 연락처에서 지우고 차단하라고 한다. 소시오패스는 우리가 따르고 있는 사회적 계약에서 벗어난 삶을 살고 있어서 그 무엇과 비교할 수 없을 정도로 파괴적이다. 그들은 절대로 진정한 의미의 인간관계나 업무적인 관계를 형성할 수 없을 뿐만 아니라 다른 사람들을 압도하는 힘을 얻는 데만 집착할 뿐이다. 그렇기 때문에 위험을 최소화할 수 있는 가장 바람직한 대책은 그런 사람들을 전부 피하는 것이다. 일단 피하라.

세 번째, 나는 소시오패스에 관해 더 많이 이야기해야 한다고 믿는다. 피하는 것이 다가 아니다. 외면하고 회피해버리면 다른 사람이 또 희생자가 될 것이 뻔하기 때문이다. 소시오패스는 인간성의 적이다. 소시오패스는 인간의 적이다. 소시오패스는 악이다. 평범하고 선한 사람이 강한 악에 맞서기 위해선 힘을 모아 집단을 형성해야 한다. 연대는 악보다 강하다. 연대를 위해 그들의 정체와 악행을 공유해야 한다. 소시오패스들은 사람들에게 들키지 않는 범위 내에서 도덕성이나 인간관계를 이용한 범죄를 저지른다. 모두가 자신의 정체를 알고 모두가 감시의 눈초리를 집중한다면 적어도 발톱과 이빨을 숨기게 만들 수는 있다. 퇴치하지는 못하더라도 고립시키고 격리는 해야 한다. 아인슈타인은 "세상이 위험한 이유는 악을 저지르는 사람들 때문이 아니라, 악인을 구경만 하고 아무런 행동도 안 하는 사람들 때문이다."라고 했다. 내가 이 글을 쓰는 이유다. 악의 이름은 공유하고 박제해야 한다.

선함은 바보스러움의 동의어가 아니다. 더는 당하지 말자. 마음이 따뜻하고 착한 보통사람의 연대를 통해 적극적으로 악을 물리치자.

"인류의 역사를 주도하는 가장 강력한 에너지는 공감이며,
미래는 확실히 '공감의 시대'가 될 것이다."
– 제러미 리프킨(미국 경제학자이자 사회운동가)

"인간의 생명은 둘도 없이 귀중한 것인데도, 우리는 언제나
어떤 것이 생명보다 훨씬 더 큰 가치를 가진 듯이 행동한다.
그러나 그 어떤 것이란 무엇이란 말인가?"
– 생텍쥐페리

"악인은 자기가 손으로 행한 일에 스스로 얽혔도다."

– 『성경』 「시편」 9:6

"인간은 사회적 동물이다. 인간의 자아와 의식, 존재 자체도
시공간적 차원에 국한되는 것이 아니라 나와 함께 있는 이들을
통해 성립된 사회적 관계이기도 하다."

– 김대식(뇌과학자)

| 읽어볼 만한 책 |

『이토록 친밀한 배신자』, 『그저 양심이 없을 뿐입니다』 – 마사 스타우트
『나, 소시오패스』 – M. E. 토머스, 『타인의 마음』 – 김경일

커피 한잔할래요?

～～～～～

    나는 비교적 소박한 사람이다. 굳이 '비교적'이라고 한 이유는 '소박하다'는 말도 상대적인 개념이기 때문이다. 내 주변의 방송 일을 하는 사람들에 비하면 나는 많이 소박하지만, 요즘 커피 한 잔 값이 부담스러운 사람도 많을 것이다. 영화 〈에너미 앳 더 게이트〉에서 흐루시초프는 "Caviar is luxury we have."라 했지만 나는 "Coffee is luxury I have."다. 매일 한두 잔 사 먹는 정말 맛있는 커피가 내가 누리는 사치니까. 존 리 대표는 맨날 커피값 아껴서 주식투자를 하라고 하던데, 커피 사 먹느라고 내가 투자를 못한다.

    예전에 커피 때문에 이혼할 뻔한 후배도 있었다. 대학교 때부터 커피에 미쳐 커피 머신도 여러 대를 사고, 임신해서도 에스프레소를 하루에 몇 잔씩 마실 정도로 커피중독자였다. 나는 당최 이해가 안 됐다. 저 쓰디쓴 사약 같은 걸 왜 저렇게 마셔댈까? 그 정도로 나는 '커알못(커피를 알지 못하는)'이었다. 그때는 달달한 커피믹스가 최고였다. 카페를 가도 달달한 것만 시켰다.

그러다 한 10년 전쯤이었나? 내가 일하던 CJ홈쇼핑은 남태령 고개에 있었는데 주변에 마땅히 밥 먹을 데가 없어서 우리는 늘 과천이나 안양으로 가곤 했다. 과천으로 나가는 관문사거리는 사실 별 볼 것 없는 시골이었는데, 지나다닐 때마다 길 건너 2층 건물에 걸려 있는 촌스러운 글씨체의 '커피 부라더'라는 간판이 눈에 띄었다. 위치로 보나 분위기로 보나 '설마 카페는 아니겠지? 원두 가공 공장이거나 수입 업체겠지.' 했다. 어느 날 누나들을 모시고 밥을 먹고 돌아오는 길에 내가 그냥 핸들을 꺾었다. 궁금해서 더는 못 참겠더라. 카페였다. 외형과 다르게 실내는 깔끔했다. 안쪽 바에서는 얼굴에 털이 많은, 그렇지만 잘생기고 말끔한 남자가 커피를 내리고 있었다. 실내에 세워놓은 배너를 보니 '바리스타 대회 챔피언' 출신이란다. 바리스타 대회가 있다는 것도 그때 처음 알았다.

함께 들어간 네 명은 다 나만큼 커알못이어서 그분한테 "뭐 먹어야 해요? 추천 좀 해주세요." 했다. 주둥이가 기다란 주전자로 천천히 아주 천천히 커피를 내려주면서 "향을 먼저 음미해보세요." 하는데, 온몸에 쫙 소름이 돋았다. 이게 뭐지? 냄새를 맡고 이렇게 소름이 돋기는 처음이었다. 그날이었다. 나도 커피중독자의 길에 빠지게 된 것이. 그날부터 매일같이 커피 부라더로 출근했다. 그 털보에게서 많은 이야기를 들으면서 '커알', '커잘알'이 되어갔다. 털보는 커피 맛만큼 이야기 맛도 잘 우러내었다. 6세기 에티오피아의 목동 칼디의 이야기. 그게 모든 것의 시작이었다. 염소들이 빨간 열매를 따 먹더니 흥분해서 뛰어다니는 것을 보고 자기도 먹어보니 불끈 기운이 나더란다. 이슬람 사제에게 갖다줬더니 끓여서 먹고 잠을 안 자고 밤새 기도를 하더란다. '커피'도 에티오피아 말로 '힘'을 뜻하는 '카파caffa'에서 유래했단다. 그때부터 이슬람교도들은 '욕망을 억제하고 수행에 정진하기 위해' 즐겨 마셨다고…. 잉? 욕망을 억제해? 이렇게 흥분되는데? 그건 아닌 듯.

일산 MBC에서 PD로 일하던 후배를 만나러 갔더니 "오빠, 진짜 맛있는 커피 마셔볼래?" 하면서 데려간 곳이 '울프스 커피'였다. 가보니 여기도 바리스타 챔피언이네? 약간 싸가지가 없는 주인장은 자부심이 너무 강했다. 그런데 커피는 예술인 거다. 일산에 갈 일이 있으면 꼭 들렀다. 그러다 몇 년 후 결혼하고 일산으로 이사를 갔는데 딱 그 동네인 거다. 와이프랑 뻔질나게 드나들면서 싸가지 없는 주인 아저씨랑도 친해졌다. 그 집은 주인이 블렌딩한 커피인 화이트 울프, 블랙 울프, 그레이 울프 등이 있었는데 우리 입맛에는 산미가 도는 화이트 울프가 딱이었다. 주인장 친동생이 굽는 빵도 일품이었다.

어느 동네를 가든 커피 맛집을 찾아다니는 것이 루틴이 되었다. 바리스타 대회 입상 트로피가 걸려 있으면 웬만해선 성공이다. 7년 전 신세계로 회사를 옮기고 성수동으로 출근했는데 성수동은 현재 대한민국에서 가장 핫한(?) 동네다. 골목골목마다 카페가 넘쳐난다. 한 2만 개는 되는 것 같다. 시간이 날 때마다 헤매고 다녔다. 단 한 잔의 커피를 찾아. 등잔 밑이 어둡다고 회사 바로 앞에 있었다. 이제는 회사 앞 '구펠' 카페에서 롱블랙 한 잔을 마시지 않으면 하루가 가지 않는다. 원래 롱블랙은 아메리카노와 반대로 뜨거운 물에 에스프레소를 얹는 방법을 말한다. 양이 적고 크레마가 풍부해 원두의 풍미를 느낄 수 있는데 주로 호주, 뉴질랜드에서 즐기는 방식이란다.

쿠펠에서는 이탈리아에서 성악을 공부한 털보 사장님이 에티오피아 원두 두 종류를 블렌딩해서 롱블랙을 내린다. 따뜻한(언제나! 반드시! 따뜻해야 한다) 롱블랙을 뽀얀 본차이나 잔에 받은 다음 지하 구석자리에 앉는다. 먼저 깊은 호흡으로 향을 들이마시면 애니메이션 〈라따뚜이〉의 마지막 장면에서 까칠한 미식평론가 안톤 이고가 생쥐 레미가 만든 라따뚜이를 맛본 순간 어린 시절로 빨려 들어간 것처럼 어디론가 빨려 들어가는 듯한 비현실적인 느낌을 받는다. 단 1초 사이에 72장의 스틸컷이 지나가는 파노라마를 본 것 같기도 하다. 아니면 그냥 멍하든가….

찰나의 순간 후각으로 황홀경을 맛보고 이번에는 미각에 넘겨줄 차례. 훌륭한 원두를 사용하면 뜨거울 필요가 없기에 바로 맛볼 수 있다(품질이 떨어지는 원두를 쓰는 프랜차이즈 카페는 맛을 모르게 하려고 그렇게나 뜨겁게 내준다는 이야기도 있다. 부러 화상을 유발하는 것이란다). 약간의 산미와 화려한 꽃향기에 슬쩍 달콤한 뒷맛이 앞서거니 뒤서거니 경주를 시작하면 입안은 영화관이 된다. 어느 날은 주인공들이 만발한 꽃길을 2인용 자전거로 달리기도 하고, 다른 날은 밀라노 뒷골목에서 입술에 묻은 젤라또를 탐하고, 클라이맥스마다 꽃잎이 흩날리고 불꽃이 터지는 인도 뮤지컬 영화가 되기도 한다. "내 그림자를 벗 삼아 마시다 보니 혼자서 다 비우고 어느 틈에 취해버렸네顧影獨盡 忽焉復醉." 술을 못해도 커피를 마시면서 취하니 도연명이 부럽지 않다. 이렇게 행복한 파노라마를 선사하는 사람들이 정말 잘되었으면 좋겠다.

16세기 초 이슬람의 중심 메카에서는 최초의 커피금지령이 내려졌다. 인간에게 위안을 줄 수 있는 것은 이슬람교여야 하는데 커피로 위안을 얻는 사람이 늘어난다는 불안감의 발로였다고 한다. 그 불안감이 이해가 된다. 좋은 커피는 밥값 몇십 배의 가치가 있다.

프랜차이즈 카페는 정말 정말 정말 갈 데가 없을 때 찾는 최후의 선택이다. 별다방이나 파란병이 맛있다고? 헐… 몇 년 전 파란병 1호점이 우리 회사 앞에 생겼는데 몇백 m씩 줄을 서는 것을 사무실에서 내려다보면서 다같이 웃었다. 성수동 와서 줄까지 서면서 저런 거 먹는다고.

출근하지 않을 땐 집 앞 카페에서 책을 보고 글을 쓰는데 그럴 때는 언제나 카페 '디셈버'의 킹사이즈 따아가 힘이 된다. 샷이 네 개나 들어간 말 그대로 킹사이즈다. 언제부턴가 책 보고 글 쓰는 데 커피가 없이는 머리가 돌아가지 않는다. 물론 나만 그런 건 아니다. 르네상스 시대 지식인들과 예술가들은 아프리카에서 아랍으로, 십자군 전쟁을 통해 유럽으로 전해진 커피에 열광했다. 수많은 예술과 문학 작품, 정치와 철학 이론이 카페에서 만개했다. 커피도 문예 부흥에 한몫을 한 것이다. 베토벤은 "커피를 빼놓고는 그 어떤 것도 좋을 수 없다. 한 잔의 커피를 만드는 원두는 나에게 좋은 아이디어를 예순 가지나 가르쳐준다."고 했고,

영국의 시인 알렉산더 포프는 "커피는 정치인을 현명하게 하고, 반쯤 감긴 눈으로 사물을 통찰케 한다."는 말을 남겼다. "악마처럼 검고, 지옥처럼 뜨거우며, 천사처럼 아름답고, 사랑처럼 달콤하다." 프랑스 정치가 탈레랑이 한 이 말은 커피에 대한 가장 정확한 묘사인 듯하다. 정말 멋있다. 유럽에서 사교와 창업과 학문의 중심이 된 커피하우스에서는 우리가 아는 수많은 명저들이 탄생했다. 애덤 스미스의『국부론』도 그중 하나다. 나 역시 두 권의 책이 카페에서 커피의 힘을 빌어 나왔다. 이슬람 문화권에서는 수세기 동안 커피하우스를 '메크텝 이 이르판Mekteb-i-irfan' 즉 '교양인들의 학교'라 불렀다고 하니 나도 교양인 코스프레를 해볼까?

산악인들 중에도 커피를 진정 즐기는 사람이 많다. 온종일 암벽 등반을 해서 인수봉 정상에 올라 마시는 커피가 얼마나 맛있는지 상상이나 되시나? 그것도 커피믹스가 아니라 모카포트를 가지고 올라가 원두커피를 내린다. 수직의 암벽을 오른다는 것은 중력에 반하는 행위이고 그래서 무게에 민감하다. 옷도 장비도 행동식도 최소한으로 준비한다. 그런데 쇳덩어리 모카포트를 짊어지고 오른다니 얼마나 커피에 진심인지 짐작이 갈 것이다.

등산학교 강사 기범이 형이 정상에서 내려주는 커피는 천국의 맛이다. 반대로 커피로 갑질을 당한 적도 있다. 미국 요세미티에서 암벽 등반을 할 때는 일주일 동안 1,000m 암벽을 기어 올라가는데 선배 한 명이 수시로 "야, 동섭아! 커피 한 잔 내려봐라!" 하는 바람에 화딱지가 났던 일도 있었다. 일주일 내내 줄 하나로 절벽에 매달려서 하루에 몇 번씩 커피를 내리는 수고를 상상해보라.

그런데 커피로 내가 갑질을 당한 것은 아무것도 아니다. 세상 모든 것에 명과 암이 있듯이 이렇게 맛있고 행복감을 주는 커피에 많은 피와 땀이 배어 있음을 기억해야 한다. 제국주의 시대에는 흑인 노예들, 지금은 제3세계 커피 노동자의 고통이 한 잔 커피에 담겨 있다. 세계 최대의 커피 회사들조차 비윤리적인 관행을 버리지 못하고 있다고 하니, 하루빨리 커피 생태계에도 공정 무역이 자리 잡기를 바란다. 참, 사향고양이도 학대하지 마라.

예전에 CJ홈쇼핑 다닐 땐 아침 첫 방송이 6시여서 새벽 4시에 출근해야 했다. 피곤하고 잠이 쏟아지는데 생방송을 들어가야 한다. 그럴 땐 커피믹스다! 달달하고 따뜻한 커피가 집 나간 정신까지 불러온다. 지금은 녹화 방송이라 첫방이 9시이지만 그래도 졸리고 피곤하다. 출근하자마자 달달한 커피믹스로 하루가 열린다. 옛날 어릴 때 손님들이 오면 엄마는 가루 커피에 설탕과

프리마를 타서 내오셨다. 빙빙 저은 숟가락에 묻은 한 방울을 빨아먹으면 얼마나 맛있던지. 지금 커피믹스가 그 맛 같다. 2022년 경북 봉화에서 광산에 매몰됐다가 열흘 만에 구조된 두 광부는 커피믹스 30봉으로 그 어둠과 추위와 배고픔을 견뎠다고 한다. 커피는 생명도 구한다. 커피믹스는 겨울 한파가 몰아치는 촛불집회 광장에서도 슈퍼파워를 발휘했다. 봉사자들이 건네는 뜨거운 커피 한 잔은 민주시민들의 뜨거운 열망과 믹스되어 몇 시간이고 소리치고 행진하는 연료가 된다.

프랑스 철학자 몽테스키외는 "커피는 많은 바보가 일시적으로나마 현명한 행동을 하게 만든다."는 말을 남겼다. 커피의 유행과 함께 시민들이 각성해 불의의 권력에 저항하기 시작했고 프랑스 혁명으로까지 이어졌다는 약간은 억지스러운 글도 읽은 적이 있다. 그런데 세상에서 1인당 커피를 가장 많이 소비한다는 대한민국은 지금 왜 이 모양일까? 얼마나 더 많은 커피를 먹어야 불의한 권력에 저항하게 될까?

엄청 추운 날 후배들과 카페에 갔더니 나만 빼고 다 아이스를 주문한다. 얼죽아(얼어 죽어도 아이스)들인 것이다. 얼마 전에 외신들이 한국의 독특한 커피 소비문화라며 '얼죽아 Eoljukah'를 소개해 세계적인 화제가 됐다. 최저 기온이 영하 20도였던 한겨울에도 아이스 커피 매출이 36%나 늘어난 것이나, 프랜차이즈 카페의 아메리카노 매출 중 82%가 아이스였다는 점이 놀라웠을 것이다. 한국인 특유의 빨리빨리 문화와 연관 지어 카페인을 더 빨리 섭취하기 위해서라고 분석하기도 했고, 바쁜 직장인과 수험생들이 후다닥 먹고 가야 하기 때문이라고 설명하기도 했다. 카페인이 몸에 퍼지기까지는 15~30분이 걸린다고 하는데 그 시간 전에 정신을 차리기 위해 아아(아이스 아메리카노)의 차가움이 필요한 것 같기도 하다. 이제는 K-컬처에 열광하는 외국 젊은이들도 아아 소비를 늘리고 있다고 하니 문화의 역수출을 자랑해야 하나?

난 무조건 쪄죽핫(쪄 죽어도 핫)이다. 아무리 더운 여름날에도 핫이다. 나이가 들어서, 이가 시려서 그런 거 아니다. 정말 아니다! 따뜻한 커피여야 제대로 된 향을 맡을 수 있어서 그런다. 그리고 비싼 커피 마시면서 물이 반이면 아까워서 그런다. 가뜩이나 아메리카노는 물 탄 커피인데 얼음까지 잔뜩 넣으면 커피 반 물 반이 아니라 물이 한 4분의 3은 되는 것 같으니까.

참, 다들 알겠지만 '아메리카노'라는 말의 유래. 2차 세계대전 초 미국의 커피 수요는 폭발적으로 증가하는데 해상 운송을 통한 공급이 불안정해져서 미국 정부는 커피 배급제를 실시했다. 커피 배급량이 쥐똥만큼 적으니 물을 많이 섞어서 묽게 마실 수밖에. 그 습관을 가지고 유럽으로 파병된 병사들이 물을 타서 마시는 모습을 본 이탈리아 사람들이 '미국놈들 참 촌스럽게 커피를 물 타 먹네.' 하면서 '미국 스타일'이라고 붙인 이름이 '아메리카노'다.

중학생인 딸 시아가 학교에서 커피 티백을 만들어 온다. 요즘은 학교에서 그런 것도 체험하나 보다. 그런데 생각보다 맛이 좋다. 시아가 티백을 만들어 오길 은근 기다리게 되었다. 종종 함께 만들어 오는 케이크도 제법이다. 나중에 취업 안 되면 카페 차려주면 될 것 같다. 음… 카페 하나 차리는 데 얼마나 들지? 일단 돈을 벌어야겠다. 책이 잘 팔려야 할 텐데…. 머리가 안 돌아간다. 커피가 필요하다.

커피 한잔할래요?

돕다

나의 질풍노도 시기는 중3 때였다. 엄마와 싸우고 가출해서 사흘 동안 친구 아버지 복덕방 소파에서 잤다. 그때 나의(아니, 모든 남자아이의) 영웅은 바로 주윤발이었다. 〈영웅본색〉, 〈첩혈쌍웅〉, 〈종횡사해〉…(이런 게 진짜 사자성어지). 지금 봐도 가슴 뛰는 홍콩 느와르 영화의 따꺼大兄는 바바리코트에 보잉 선글라스를 쓰고 성냥개비를 물어도 양아치 같거나 촌스럽지 않았다. 80년 대 후반 중학생에게 바바리코트나 선글라스는 꿈도 못 꿀 아이템이라 다들 성냥개비만 물고 다녔다. 수학여행 가서 기념품 가게에서 싸구려 선글라스라도 하나 사면 서로 돌아가면서 끼고 사진을 찍었다. BB탄 권총도 들고.

얼마 전 〈영웅본색〉을 다시 봤다. 또 봐도 멋있다, 이 80년대

형님은. 그 형님이 얼마 전 재산의 99%를 기부하겠다고 선언했다. 우리 돈으로 무려 9,000억 원이다. "어차피 이 세상에 올 때 아무것도 안 가지고 왔기 때문에 갈 때 아무것도 없어도 상관없다." "나는 점심, 저녁에 먹을 흰 쌀밥 두 그릇이면 하루가 충분하다." 이렇게 말하는 주윤발 형님, 아니 도대체 사람이 이렇게 멋있어도 되는 건가? 운동화에 백팩 차림으로 지하철을 타고 다니는 형님의 사진이 인터넷에 한두 장이 아니다.

우리 산악인들의 대선배로 '파타고니아'와 '블랙 다이아몬드'를 창업한 이본 쉬나드는 4조 원이 넘는 전 재산을 기부했고, 얼마 전 세상을 떠난 'DFS' 면세점 창업자 척 피니는 10조 원이 넘는 재산을 기부하고 방 두 칸짜리 작은 아파트에서 세상을 떠났다. 생전에 지하철을 타고 다니던 그는 "한 번 해보면 당신도 좋아할 것이다. 죽었을 때 기부하는 것보다 살아 있는 동안 기부하는 것이 훨씬 더 재미있다."는 말을 남겼다.

우리에겐 김장훈과 션이 있다. 김장훈은 200억 원을 기부했고, 57억 원을 기부한 션은 루게릭 요양병원까지 세운다고 한다. "돈은 똥이다. 모아두면 악취가 나지만, 흩어 뿌리면 좋은 거름이 된다."는 어른 김장하 선생의 말도 깊은 울림으로 많은 사람의 마음을 움직였다.

보통 돈이 생기면 제일 먼저 차가 바뀐다. 옷이 달라진다. 명품 옷에 명품 백을 사고 해외 여행도 자주 다닌다. 그런 사진들이 인스타그램에 줄줄이 올라온다. 멕시코 속담에 절대 숨길 수 없는 네 가지가 있는데 돈, 기침, 연기, 사랑이라 한다.

요즘은 돈이 생기면 오히려 숨기려 하지 않는다. 티를 내야지, 자랑을 해야지 왜 숨기겠나? 그런데 다른 방법으로 자랑하는 사람들이 있다. 그들은 돈이 있건 없건 그렇게 자랑한다. 베풀고 돕는 것으로. 언젠가 누가 김장훈에게 물었다. 선행을 그렇게 티 내면서 해야 하냐고. 그러자 누군가 자기한테 자극을 받아서 기부한다면 그것으로 됐다고, 자기는 욕먹어도 좋다고 대답했다. 이 사람들은 왜 이렇게까지 남을 돕는 것일까?

인간의 이타성은 선천적, 유전적인 요인으로 타고난다는 견해와 후천적으로 학습하거나 필요 때문에 나타난다는 견해로 나뉜다. 자연스럽게 성선설, 성악설 논쟁으로 연결될 수밖에 없다. 『이기적 유전자』의 리처드 도킨스는 이렇게 주장한다. "만약 당신이 나처럼 개개인이 공동의 이익을 위해 이타적으로 협력하는 사회를 만들기를 원한다면 생물학적 본성으로부터 기대할 것은 거의 없다. 우리는 이기적으로 태어났다. 그러므로 관대함과 이타주의를 가르쳐보자."

    그런데 최근 학자들의 연구 경향은 도덕성과 이타성이 우리 안에 내재한 생물학적인 특질이라는 것을 밝혀내는 쪽으로 가고 있다. 침팬지나 보노보 같은 영장류를 연구하는 프란스 드 발이나 진화인류학자 브라이언 헤어, 동물행동학을 연구하는 스테파니 프레스턴 같은 학자의 책을 통해 다양한 증거를 볼 수 있다. 유인원도 우리처럼 서로 돕고 보살핀다. 공동육아를 하고 먹이를 나누며 동료의 죽음을 슬퍼한다. 우리 호모 사피엔스가 덩치가 훨씬 크고 힘도 센데다 뇌 용적도 더 컸던 네안데르탈인을 꺾고 유일하게 살아남은 이유를 공감 능력에서 발현된 이타성에서 찾는 연구도 있다고 앞에서 이미 말했다. 최근에는 뇌과학, 신경과학을 통해서도 이타주의가 인간의 본성이라는 것이 명백해졌다. 혹자는 두 견해를 더해 "살아남으려는 '이기적 유전자'가 이타성으로 프로그래밍되어 있다."고 했다.

    "타인을 돕는 손, 가난한 자에게 달려가는 발, 불행을 바라보는 눈, 한숨과 슬픔을 듣는 귀를 가진 것이 사랑이다."라고 한 아우구스티누스와 "은혜를 언제 어디서든, 기꺼이, 남모르게, 미리 알아서, 상대방에게 환기시키지 않고 베풀어야 하며, 베푼 은혜는 잊어버려야 한다."라고 말한 세네카처럼 오래전부터 현자들은 인간의 선의와 이타성을 칭송했다. 톨스토이 역시『사람은 무엇으로 사는가』에서 "사람은 모두 자신에 대한 걱정과 보살핌으로 사는 것이 아니라, 마음속에 있는 사랑으로 사는 것입니다." 라 했고, 아인슈타인도 "무엇을 받을 수 있는지보다 무엇을 주는지에 한 사람의 가치가 있다."라고 말했다.

코로나19로 최악의 힘든 해였던 2020년에 사랑의 열매 모금액은 8,462억 원으로 역대 최다를 기록했다. 1,000원, 2,000원, 1만 원이 모여서 우리 사회의 희망을 빛냈다. 평생 노점을 하면서 힘들게 모은 전 재산을 장학금으로 기부한 할머니와 팬데믹 기간 눈코 뜰 새 없이 바빴던 택배기사를 위해 간식거리를 아파트 입구에 준비해둔 이들도 있었다.

삶을 바쳐 도움을 실천한 사람들도 많다. 너무 일찍 떠나버린 〈울지 마, 톤즈〉의 이태석 신부님, 산청성심원에서 43년째 한센인을 돌보는 유의배 신부님(본명 루이스 마리아 우리베) 같은 분들은 우리 시대의 슈퍼 히어로들이다. 장기를 기부해 여러 사람에게 새 생명을 주고 세상을 떠난 청년과 2001년 도쿄 지하철 선로에 떨어진 취객을 구하고자 뛰어내렸다 목숨을 잃은 이수현 님을 기억한다.

나는 소방관들만 생각하면 눈물이 난다. 얼마 전 문경 공장 화재 현장에서 순직한 김수광, 박수훈 소방관님을 비롯해 소방관들의 헌신과 희생은 우리 모두 잊지 말아야 한다. "소방관 여러분에게 대통령으로서 명령합니다. 최선을 다해 생명을 구하십시오. 그러나 여러분 자신도 반드시 살아서 돌아오십시오."라는 문재인 전 대통령의 말처럼 소방관은 불사신이었으면 좋겠다.

오래전 우연히 비디오 대여점에서 빌려다 본 영화 〈아름다운 세상을 위하여Pay it forward〉는 나의 각성에 큰 영향을 끼친 인생영화다. 엄마를 떠나보내고 신앙을 잃고 방황하던 때 품은 '사람이 사람을 도와야 한다.'는 개똥철학에 확신을 준 영화다.

캐서린 라이언 하이디가 쓴 『트레버』라는 소설이 원작인데, 영화는 망했다. 문제는 우리말 제목이었다. 이렇게 밋밋하고 뜬구름 잡는 제목이라니. 원제의 의미를 살리는 번역을 고민했어야 한다. 세상을 바꾸고자 했던 주인공 트레버는 무조건적으로 세 명에게 친절을 베푸는 방식을 제안한다. 선의를 받은 사람은 또다른 세 명에게 친절을 베푸는 것이다. 조건은 언제나 똑같다. 세 명에게 친절을 베풀라. 1-3-9-27-81…. 선의는 바이러스처럼 전염되어 간다.

월드컵 4강에 들떠 있던 2002년 여름, 역대급 태풍 루사가 우리나라를 덮쳤다. 강릉에만 하루에 870mm 물폭탄이 쏟아질 정도였고 특히 동해안이 초토화되었다. 추석 연휴에 마침 방송이

없길래 친척 동생, 조카들을 소집해서 무작정 강릉으로 향했다. 뭐라도 해야겠기에. 강릉 시청으로 갔더니 자원봉사자들을 분산 배치해주었다. 우리는 주문진읍 장덕리라는 마을로 보내졌다. 처참했다. 2층짜리 마을회관은 통째로 옆으로 넘어가 버렸고, 무너지거나 휩쓸려간 집도 셀 수가 없었다. 안타깝게 목숨을 잃은 사람 역시 많았다. 천만다행으로 목숨을 건진 홀로 사는 할머니 댁은 방 안에 진흙이 1m는 쌓여 있었다. 복사꽃이 많이 피어 복사꽃 마을이라 불리던 장덕리에는 우리 말고도 과일장사하는 형님, 수녀님, 월드컵 때 악마 소녀로 유명해진 아가씨와 대학생들까지 십여 명이 모였다. 일주일 동안 먹고 자고 흙을 퍼내면서 의기투합한 우리는 앞으로 자원봉사 모임을 만들어 함께하자고 뜻을 모았다. '복사꽃 자봉단'의 시작이었다. 그 뒤로 수해복구, 농촌 일손 돕기, 장애인시설 목욕 봉사, 배식 봉사 등 일손이 필요한 곳이라면 어디든 달려갔다.

16년 동안 몸담았던 CJ그룹에서 가장 보람 있었던 것은 청소년들의 멘토 역할을 한 일이다. '꿈키움창의학교'라는 전국의 중학생들 가운데 재능과 열의가 있는 학생들을 현업에 있는 멘토들이 가르치고 지원하는 사회공헌 프로그램이다. 1년 동안 가르치고, 잘하는 아이들은 대학교 진학도 돕고 현업 진출도 지원한다. 10년 가까이 대멘토로 만났던 아이들 중에는 가수나 뮤지컬 배우, 셰프가 되겠다는 꿈을 이룬 학생도 있다. 대학생, 성인이 되어서 지금도 찾아온다.

프랑스 교도소에는 쇠이유Seuil라는 소년범 교화 프로그램이 있다. 프랑스어로 '문턱'이란 뜻이다. 멘토인 어른과 함께 걷기 여행을 떠나는 프로그램인데, 시행 이후 85%에 달했던 재범률이 15%까지 떨어졌다고 한다. 함께 걸으며 이야기를 들어주는 것만으로도 한 사람의 인생 자체를 변화시킬 수 있고, 사회를 더 안전하고 아름답게 만들 수 있다는 것이 증명되었다. 룰루 밀러는 『물고기는 존재하지 않는다』에서 "우리는 누군가의 이야기에 귀 기울이는 것만으로 크고 작은 삶의 문제를 풀어나갈 용기를 얻기도 한다."고 말했다. 특히 청소년들이 바른 길을 가고, 성장해서 꿈을 이룰 수 있도록 돕는 것은 온 우주만큼 가치 있는 일이다.

해외 봉사 활동에도 여러 번 참여했다. 신학교 시절 인도네시아 칼리만탄으로 떠난 선교여행에서는 주민등록도 없는 정글 오지 마을에 가서 집수리와 의료 봉사를 했다. 캄보디아 국경 지역에 있는 돈보스코 수도원에서는 학교 시설 보수 작업을 했고, 필리핀 앙헬레스 빈민가에 가서는 급식 봉사 활동도 함께했다.

작년부턴 남양주 '민트봉사단'의 일원이 되어 연탄 배달, 김장도 하고, 아동 보호 시설 아이들과 눈썰매장에도 다녀왔다. 이런 활동을 하면서 늘 느끼는 것은 하면 할수록 행복해진다는 점이다. 내가!

슈바이처 박사가 말했다. "여러분 가운데 진정으로 행복한 삶을 살게 될 사람은 다른 이들에게 봉사할 방법을 찾아내는 사람뿐입니다." 빌 클린턴 전 미국 대통령도 말했다. "누가 더 행복할까? 통합하는 사람일까, 분열시키는 사람일까? 나누는 사람일까, 갖기만 하는 사람일까? 여러분은 답을 알고 있을 것이다. 거리 저편에 그리고 바다 건너에 여러분을 필요로 하는 세상이 있다. 가서 나누자!" 일본의 변호사 니시나카 쓰토무는 "운은 하늘의 사랑과 귀여움을 받는 것이다. 이웃에 공헌한 사람들을 기억하는 신의 호의가 곧 운이다."라고 했다.

정신의학에 '헬퍼스 하이helper's high'라는 용어가 있다. 다른 사람에게 도움을 줄 때 기분이 최고조로 좋아지는 현상을 말한다. 마라톤 중에 사점dead point을 넘어서면 붕 뜨는 느낌이 들면서 힘들지도 않고 기분이 최고로 좋아지는 '러너스 하이runner's high'가 오는데, 이와 비슷하다. 선의, 기부, 도움, 관용을 베풀 때 쾌감을 느끼는 것은 섹스를 하거나 초콜릿을 먹을 때와 같은 뇌 부위가 활성화되기 때문이란다. 섹스의 쾌감은 종족 번식에 기여하고, 맛의 쾌감은 못 먹을 때에 대비한 지방 축적에 도움이 된다. 세 가지 모두 호모 사피엔스의 생존에 필수적 요소다. 정신적인 쾌감뿐만 아니라 신체적으로도 몇 주간 긍정적인 변화를 야기하는데, 행복 호르몬 엔도르핀이 세 배까지 증가하고, 사랑 호르몬 옥시토신 분비도 증가해 여러 질병과 만성 통증을 완화시킨다.

이것을 '마더 테레사 효과The Mother Teresa Effect'라고도 하는데, 가난한 이웃을 위해 평생을 바친 테레사 수녀의 일대기를 그린 영화나 책을 보여주고 신체의 변화를 측정했더니 면역 물질이 50% 이상 증가했다는 실험 결과에 따른 것이다. 행복학에서도 최고의 행복감은 남을 도울 때 느낀다고 한다. 최고의 행복감을 느끼며 충만한 삶을 사는 방법, 인생을 완성해나가는 방법이 바로 남을 돕는 것이다.

그런데 얼마 전 '자녀에게 어렵고 힘든 사람을 도와야 한다고 가르치겠다.'는 부모가 OECD 국가 중 한국이 가장 적다는 조사 결과가 나왔다. 참 한심한 세태다. 이러니 벤츠 타고 무료급식소에 와서 밥 가져가는 사람도 나오지. 단순하게 생각해도 내가 돕지 않으면 나를 도울 사람도 없다는 뜻인데, 평생 다른 사람 도움은 필요 없나 보다. 혼자 자란 사람 없는 것처럼 혼자 성공한 사람도 없던데…. 좋은 세상 만드는 것이 자신이나 자식들에게 유리하게 작용하는데…. 참 무식하다. 이기적인 건 무식한 거다. 근시안, 제 눈앞밖에 못 본다는 거다. "이기주의자가 단기적으로 볼 때는 훨씬 잘사는 것 같지만, 장기적으로 보면 타인의 행복을 위해 노력하는 이타주의자가 훨씬 앞서간다."는 슈테판 클라인의 말을 기억하라.

이기적일수록 연봉이 낮다는 통계도 있다. 어느 역술인인지 사이비 교주인지가 "기부하면 어려운 사람들이 개, 돼지가 된다."는 개소리를 했던데, 이런 자가 국가 지도자의 스승이라니…. 참 세상에 해악이 되는 자다.

반대로 긍정적인 움직임도 많다. 젊은 세대를 중심으로 퍼지고 있는 퍼네이션funation(fun+donation)이 대표적이다. 기부에 부담을 갖지 않게 하고, 금액보다는 의미를 가지고 참여하는 것 자체를 전파하는 새로운 문화다. 달린 거리만큼 기부하는 마라톤이나 자전거 동호회 회원들도 있고, 구매 금액의 일부를 기부하는 상품을 구매해서 간접 기부하는 방법도 있다. 10m 걸을 때마다 1포인트씩 적립돼 기부하는 앱, 사진을 올리면 자동으로 기부하는 앱도 있다. 아이스버킷챌린지도 퍼네이션의 한 형태다.

"혼자만 잘살믄 별 재미없니더. 뭐든 여럿이 노나 갖고 모자란

곳을 두루 살피면서 채워주는 것, 그것이 재미난 삶 아니꺼?"라는 전우익 선생의 말처럼 돕는 것이 재미다. 이런 친절과 선의는 돌고 돌아 나에게 온다. 세상을 만인의 만인에 대한 투쟁으로 만들면 그 투쟁도 돌고 돌아 나에게 온다. 빅 픽처를 보자.

세상 어디에나 오지라퍼들이 있기 마련이다. 요즘 자주 듣는 말이 있다. 자선단체의 횡령 때문에 기부를 못하겠다고. 그래, 간혹 횡령 사건이 뉴스에 나오기도 한다. 하지만 그건 그 인간의 범죄니까 처벌하면 되는 것이다. "내가 1만 원 기부하면 대상자한테 1만 원이 가는 게 아니다."라고? 당연한 거 아닌가? 자선단체에서 일하는 사람들도 월급을 받아야 하지 않나? 비용도 들지 않겠나? 자기가 직접 어려운 사람들을 찾아다니면서 기부나 봉사를 할 것이 아니면 그 정도는 감안하고 그냥 하자. 돕는 행위나 기부의 순수성을 의심하는 사람들도 있다. 왜 익명으로 하지 않느냐고. 자기는 하지도 않으면서 우월감이나 특권을 느끼는 심리를 문제 삼기도 한다.

그런 것 좀 느끼면 어떤가? 자랑하자! 대놓고 하자! 어떻게든 하는 것이 중요하니까! 주객이 전도되어 헬퍼스 하이의 쾌감 때문이든, 자기만족 때문이든, 이미지 관리 때문이든, 세금 때문이든, SNS에 자랑하고픈 욕구 때문이든 하자 쫌! 묻지도 따지지도 말고 그냥 하자 쫌! 돈으로든, 몸으로든, 그냥 돕고 살자 쫌!

당신은 졸부입니다. 당신은 쉽게 돈을 벌었고, 지금은 돈 모으는 것에 약간 싫증을 느낍니다.

그런 당신은 주변 사람들에게 과시하기 위하여 1년에 한 번 고아원을 방문해 사진을 찍고 옵니다. 주변 사람들은 당신을 욕합니다.

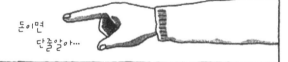

돈이면 단줄알아…

하지만 당신, 이 봄에 고아원이나 양로원, 그 어느 곳에나 한 번 들러 주십시오. 사진이든 뭐든 당신 하고픈대로 하시고요. 누가 당신을 욕하더라도 1년에 한 번은 꼭 들러 주세요. 여하간 욕만 해대며 고아원이나 양로원을 한 번도 찾지 않는 우리보다는 훌륭합니다.

당신은 졸부입니다. 우리는 바보입니다.

올해는 꼭 바보가 되지 않도록 노력하겠습니다. 광수생각, END.

여행생활자

〰〰〰

"지금 우리가 들어가는 곳은 식인종 마을입니다."

이제껏 내가 들은 말 중 가장 충격적이었다. 밀림 속 구불구불 강줄기를 12시간 거슬러 올라 마을에 거의 도착해서야 이런 말을 하다니! 두 대의 작은 보트에 나눠 탄 우리 일행 모두는 패닉에 빠질 수밖에 없었다.

신학교 3학년생이던 나는 학교 선교여행팀 소속으로 인도네시아 정글을 여행하고 있었다. 한 달 가까이 인도네시아 오지 곳곳을 다니며 현지 선교사들과 협력해 봉사 활동을 하는 것이 목적이었다. 나에게는 첫 해외 여행이었다. '지금 가는 곳은 스방아르와 루마르라는 마을인데, 지도에도 안 나오는 오지 중의 오지이고 다큐멘터리에서나 볼 법한 홀딱 벗고 사는 원주민 마을이어서 의료 봉사와 집 수리가 필요하다…'는 정도만 알고 배에 올랐다. '식인종' 소리를 듣자마자 눈앞이 캄캄해지고 속이 메스꺼워졌다. 소리 내어 기도하는 사람도 있었다. 스물여섯에 처음 떠난 해외 여행. 식인종의 배 속에서 순교를 해야 하다니! 배에서 내리는 우리의 하얀 얼굴과 초점 잃은 눈을 본 족장이 단번에 눈치챈 듯 웃으며 말한다. "걱정하지 마. 우리 이제 안 먹어." 사람 안 먹은 지 15년 됐단다. 헐, 15년이면 그 맛을 기억하는 사람이 있을 지도 모르잖아! 마을에 머무는 동안 밤에 깊이 잠들 수 없었다.

식인 풍습은 단순히 끼니를 해결하려는 것보다는 그 사람의 힘과 지식, 능력까지 흡수한다는 주술적인 의미에서 나온 것이라고 인솔 교수님이 설명했다. 부족 간에 전쟁이 일어나면 이긴 부족이 진 부족을 먹는다고. 그럼 이 부족이 근방 밀림의 다른 부족을 다 먹었다는 건데 진짜 무서운 사람들인 거 아냐?

밥은 오른손으로 먹고 왼손으로는 똥을 닦는다. 그래서 다른 사람과의 관계에서 왼손을 쓰면 안 된다. 구멍만 뚫린 화장실에는 작은 물통과 컵이 놓여 있다. 왼손으로(진짜 맨손으로) 똥을 닦고 컵으로 물을 떠 왼손을 씻는 용도다. 우리 일행은 휴지를 가져갔기 때문에 다들 휴지로 처리했는데, 나는 딱 한 번 왼손으로 처리해봤다. 여기까지 왔으면 여기 문화를 따라야 하지 않겠나? 이런 것을 '문화지능'이라고 한다. 낯선 문화와 만날 때 어떤 지식과 행동이 필요한지 파악해서 익히고 실제로 적용하는 힘, 분명히 말하는데 굉장한 능력이다!

아무리 귀여워도 어린아이의 머리를 만지면 안 된다. 머리에는 신이 깃들어 있기 때문이란다. 그런데 선배 형이 그 마을 아이의 머리를 만져서 분위기가 험악해진 적이 있었다. 그것도 왼손으로. 교수님이 중재하지 않았으면 우린 다 먹혔을지 모른다.

일주일 동안 스방아르 마을에서 먹고 자면서 봉사 활동을 열심히 하고 떠나기 전날 밤 족장이 우리 일행을 집으로 초대해 저녁 식사를 대접했다. 식사를 마치자 우리 일행 이십 여 명 중 세 명을 지목하는데 내가 세 번째였다. 통역을 들어보니 이 마을에는 바깥 세상에서 귀한 손님이 오면 딸을 주는 전통이 있다는 거다. 나는 족장의 막내 사위가 되었다. 막내딸은 그때 열세 살! 맙소사! 지목된 세 명에게 신방을 차려주라고 부하들에게 지시하는데 교수님이 겨우 말렸다. 족장은 아쉬워하며 전통 모자에 뭐라고 글씨를 써서 우리 셋한테 주었다. 언제든 마을에 돌아오면 딸을 주겠다는 증표란다. 난 그 모자를 10년 넘게 간직했다.

이런 여행을 경험해본 사람이 몇이나 될까? 나의 첫 해외 여행은 그렇게 '썼다!' 그 후로 나는 말하자면 '여행생활자'가 되었다. 쇼호스트가 되고 가장 만족했던 점이 내 마음대로 여행을 다닐 만큼 버는 것이다. 행복을 찾는 일이 삶의 목표라면 그 목표를 이루는 지름길은 여행일 것이다. 세상을 돌아다니면서 정말 얼마나 행복했는지 모른다. 가까워도 좋았다. 멀어도 좋았다. 추워도 좋았고 더워도 좋았다. 그냥 싸돌아다니는 것도 좋았고, 아무것도 안 하고 하루종일 돌로 지은 유적지만 바라보아도 좋았다. 경유한다고 외국 공항에서 24시간 대기를 해도 좋았고, 길거리에서 아무거나 사 먹고 사흘 동안 설사를 해도 좋았다. 매년 몇 나라씩 여행을 다녔고, 게다가 방송일을 하다 보니 출장도 잦았다. 막연히 '나는 역마살이 있나 보다' 생각했는데 관상학을 공부한 후배가 내 얼굴을 보면서 말했다. "오빠는 역마살의 교과서야!" 정말 그런가 보다.

CJ홈쇼핑에 입사해 직장인이 되고 나서 처음 배낭 여행을 떠났다. 형, 동생과 함께 삼 형제가 영국, 프랑스, 독일, 스위스, 이탈리아 5개국을 쏘다녔다. 우리는 두 가지 원칙을 만들었다. 첫째, 웬만하면 걷는다. 걸어 다니면 비용도 아끼고 더 많은 것을 보고 경험할 수 있을 테니까. "도착하기만 바란다면, 역마차를 잡아타고 갈 수도 있다. 하지만 여행을 하고자 한다면, 걸어가야 한다."던 장 자크 루소의 말은 지금도 나의 여행 원칙이다. 둘째, 각 나라를 대표하는 요리는 비싸도 꼭 먹어본다. 그런데 첫 나라가 영국이다. 아뿔싸, 영국을 대표하는 요리가 뭐지? 호텔 컨시어지(접객 담당자)에게 물었다. '피시앤칩스'를 먹으란다. 이게 나라를 대표하는 요리라고? 제길, 영국인은 정말 식도락을 모르는구나.

프랑스로 넘어와서 우리는 미각이 폭발하는 경험을 맛봤다. 식도락가에게 프랑스는 천국이다. 특히 파리에 살던 누나가 추천한 '라 브로셰리'의 스테이크는 천상의 맛이었다. 그 후로도 지금까지 그만큼 훌륭한 스테이크를 그 어디서도 보지 못했다.

자그마한 식당을 머리 하얀 할아버지와 손녀딸이 운영하는데 할아버지가 팔뚝을 걷어붙이고 화로에 스테이크를 구우면 손녀딸이 가니시를 얹어 서빙한다. 예쁘진 않은데 싹싹하고 귀엽고, 특유의 프랑스어 발음을 더 몽환적으로 만들어주는 쟁반 위 옥구슬 같은 목소리를 가진 그녀의 이름은 아린느. 그 잠깐 사이 아린느에게 푹 빠진 동생 한샘이는 침대차에서 자면서 밤새 "아린느~ 아린느~." 잠꼬대를 해댔다. 셋이 모이면 지금까지 놀려먹는다.

우리에게 프랑스를 대표하는 인물은 나폴레옹도 소피 마르

소도 아닌 아린느다. 프랑스 시인 샤를 보들레르가 "파리의 대기가 짓누를 때 나는 틈만 나면 파리를 떠날 궁리를 한다."고 썼던데 배부른 소리 하고 자빠졌다. 모든 세계인이 동경하는 파리에서 이런 스테이크를 맨날 먹을 수 있으면서. 하긴 어디서나 코를 찌르는 개 오줌 냄새 때문이라면 공감.

여행을 떠나는 사람에게 가장 필요한 미덕은 새로운 세계에 대한 호기심 아닐까? 나와는 다른 사람들에 대한 호기심, 그들의 삶의 방식에 대한 호기심. 호기심, 호기심, 왕성한 호기심! 내가 모르던 세상과 현상을 관찰하고 왜 그런지 끊임없이 묻다 보면 깊어지고 넓어질 수밖에 없다.

그래서 철학자 중에는 세상을 여행한 사람이 많다. 칸트, 괴테, 쇼펜하우어는 주옥 같은 여행기를 남겼다. 단순한 여행기가 아니라 여행을 하면서 인간의 다양한 삶의 모습을 보고 인간은 어떤 존재인지 사유한 글들은 우리 같은 범인들에게 철학에 접근하기 한 뼘 쉬운 길을 열어준다(그래도 그냥 여행기보단 어렵긴 하다).

쇼펜하우어는 10대부터 아버지를 따라 전 유럽을 여행했다. 그런 경험에서 『의지와 표상으로서의 세계』 같은 명저가 태동한 것 아닐까. 쇼펜하우어는 아버지가 온 세상을 돌아다니라고 이름도 '아르투어Arthur(영어의 '아서' 또는 '아더')'라고 지어줬다. 세계 어디서든 쉽게 통할 이름이어서다.

호기심으로 다가가고 열린 마음으로 받아들이면 나의 세계가 쑥쑥 커지는 것을 느낀다. 그래서 멀리 여행을 가서도 한국 식당을 찾고 스타벅스에서 아아를 먹는 방식은 별로다. 여러 명이 함께하는 여행에서 한식을 먹자 현지식을 먹자 티격태격하는 것을 많이 보았다. 여행을 갔으면 그곳의 음식과 그곳의 문화를 경험해봐야 하지 않을까? 그곳의 사람들과 부대끼며 그곳의 공기를 호흡해봐야 하지 않을까?

함께 많은 여행을 한 베프 기용이와 둘이서 떠났던 스페인 배낭 여행도 많은 추억을 남겼다. 스페인의 백미는 뭐니 뭐니 해도 가우디의 성 가족 성당Sagrada Familia이다. 현실 세계에 존재할 것 같지 않은 환상적인 건축물로 무려 140년째 짓고 있다(의도적으로 완성하지 않고 있다는 의혹이 강하게 든다).

하루 종일 내외부를 둘러보고 야경을 보러 밤에 또 찾았다. 성당 앞 호수 건너편에서 한밤중에 야경 사진을 찍다가 누가 말을 거는 사이 삼각대 밑에 둔 가방이 없어졌다. 20m쯤 빠르게 멀어지는 2인조가 의심스러워 비호처럼 뛰어가서 가슴팍에 품은 내 가방을 낚아챘다. 순간 주변에서 패거리가 우릴 에워싸는데 여섯이었다. 6대 2. 기에서 밀리면 안 된다! 삼각대를 휘두르며 고래고래 소리를 질렀다. "폴리시아! 폴리시아!(스페인어로 경찰)" 하다가 영어로 "폴리스!"가 나왔다가 나중엔 "야! 이 개새끼야! 두루와, 두루와!"까지. 가뜩이나 목소리도 큰 사람이 지랄발광을 하니까 패거리들은 움찔하면서 물러서더니 어둠 속으로 사라졌다. 혹시 몰라 삼각대를 어깨에 불량스럽게 걸쳐 메고 일부러 씩씩거리며 역까지 걸어와 지하철에 타서야 다리가 풀려 주저앉아 버렸다. 걔들이 칼이라도 꺼냈으면…. 지금 생각해도 아찔하다.

여행을 다니면서 내가 늘 부러워했던 사람들이 아무 데나 철퍼덕 앉아서 스케치북에 연필 하나로 그 장면을 그리는 이들이다. 신은 나에게 그림 솜씨는 주지 않았다. 그래서 사진 찍는 것으로 만족해야 했다. 그런데 알람브라 궁전에서 내 친구 기용이가 철퍼덕 앉더니 그림을 그리는 것 아닌가? 20년 동안 만나온 친구놈이 처음으로 멋있게 보이고 배도 아팠다. '아, 이 자식 디자이너였지!' 결국 나중에 그 그림은 내가 뺏었다. 그림 그리기를 좋아하는 우리 딸 시아는 나중에 여행 다니면서 이런 스케치 많이 했으면 좋겠다.

혼자서 도쿄에 갔을 땐 유명한 사우나를 찾아갔다가 남탕에서 여자 목소리가 들려 화들짝 놀라서 보니 때밀이가 여자! 아줌마인 것이다. 때를 밀면서 혼잣말을 하는데 정말 깜짝 놀란 게 한국 아줌마, 전라도 아줌마였다. "아따, 완전 국수구마잉~." 차마 거기선 때를 밀 수 없었다. 몇 년 후 홋카이도 출장 때 갔던 온천의 때밀이는 20대 아가씨여서 또 화들짝 놀랐다. 남자 일곱 명이 서로 눈치만 보다 나왔다.

니코스 카잔차키스는 "이 세상을 돌아다니는 것, 그것은 새로운 땅과 바다들, 새로운 사람들과 사상들을 보는 것이다."라고 했는데 가까운 일본만 가도 이렇게 새로운 것이 많구나.

한번은 일본 도야마라는 시골 공항에 내렸는데 여권에 흠집이 조금 있다고 트집 잡혀 추방되기도 했다. 시드니, 홍콩, 카타르에서는 입국 수속 중에 혼자만 불려가서 팬티만 남기고 옷을 홀딱 벗고 진공청소기 같은 기계로 온몸을 빨아들이는 정말 수치스러운 경험도 했다. 폭발물 성분을 빨아들이는 기계란다. "아니, 근데 왜 맨날 나만 잡냐?" 물어보니 항상 "랜덤!" 랜덤이란다. 빌어먹을 꼭 나만 끌고 가는데 랜덤은 개뿔! '분명히 나랑 생긴 게 비슷하거나 이름이 비슷한 테러범이 있을 거야."라고 생각했다. 요즘은 안 그런 거 보니 그 테러범은 잡혔거나 죽었나 보다. 김영하 작가가 여행에서 실패한 경험도 글쓰기에 좋은 소재가 된다고 하더니 나도 이렇게 쓰게 되는구나. 이제 작가가 되어가

나 보다.

　서울에서 해남까지 친한 형과 둘이 떠났던 자전거 국토종주 여행도 잊을 수 없다. 1번 국도를 따라 목포까지 가서 해남으로 넘어갔는데 가는 데만 나흘이 걸렸다. 하루 8시간 페달을 돌리다 해가 지면 아무 여관이나 모텔에서 잤다. 똥꼬가 너무 아파서 둘 다 엎어져 자야 했다. 그러고 아침에 처음 안장에 앉으면 얼마나 쓰라린지 한참을 서서 타야 했다. 그런데 차를 타고 다닐 땐 안 보이던 것들이 눈에 들어오는 거다. 우리나라가 정말 예쁘다는 것을 내내 실감하며 달렸다. 연한 햇살을 맞으며 코스모스 피어 있는 국도를 자전거로 내달리는 기분은 꿈속처럼 몽롱했다. 서울에서 경기도, 충청도를 거쳐 전라도 경계선을 딱 넘어가니까 밥상이 달라지는데 단돈 5,000원에 상다리가 부러지겠다. 역시 대한민국의 주방은 남도다. 똥꼬와 다리가 너무 힘들었지만, 어느 여행 못지않게 충만했다.

　일상의 결핍을 채우러 가는 것이 여행이라고 한다. 모험의 결핍, 고독의 결핍, 위로의 결핍, 휴식의 결핍, 사유의 결핍…. 어디로든, 누구와든, 아니면 혼자든, 떠나면 채워지는 경험은 해도 해도 신기하다.

　여행은 어디까지가 여행일까? 다른 나라를 가야만 여행은 아니니까. 옆 마을, 옆 도시는 너무 가깝고, 도 경계는 넘어가고 하루 이상 자는 정도는? 우리나라는 국토가 작아서 그런지 국내여행은 그냥 놀러 가는 기분일 때가 많다. 난 그때그때 느낌이 다른 것 같다. 같은 곳이라도 어떨 땐 그냥 놀러가는 기분, 어떨 땐 여행 가는 기분…. 열 명이 함께 여행을 해도 개개인이 느끼는 여행은 모두 다르다. 한 곳을 열 번 다녀와도 열 개의 여행이 모두 다르다. "같은 강물에 발을 두 번 담글 수 없다."는 헤라클레이토스의 말처럼. 그래서 열 번 이상 가본 여행지도 있고, 수십 번 오른 산도 있다.

여행에는 수평과 수직이라는 공간의 차원과 시간의 차원이 공존하는 것 같다. 몇백 년을 거슬러 올라가는 시간 여행도 가능하다. 내 최고의 시간 여행지 스페인 톨레도는 도시 전체가 중세시대다. 예전에는 우리보다 잘사는 나라로 가면 미래로의 시간여행도 가능했지만, 이제는 서울이 세계에서 가장 앞선 도시 중하나이니 대도시는 별로 감흥이 없다. 오히려 문명의 발자취를 볼 수 있는 여행지가 나에겐 가장 매력적이다.

중동의 메소포타미아 문명, 메소아메리카 올멕 문명에서부터 마야, 아즈텍까지 문명 탐사에도 나서 보고 싶다. 이집트는 공부를 좀 많이 하고 나서 갔으면 좋겠다. 여행에 위험 요소가 더해지면 탐험, 모험이 된다. 죽을 만큼 힘들고 고통스러웠는데 그만큼 더 세게 이후의 내 삶에 에너지가 되는 것도 신비롭다.

벤 스틸러가 만든 영화 〈월터의 상상은 현실이 된다〉는 내 인생영화 중 하나다. 스무 번은 본 것 같다. 주인공은 평생 동네 근처를 떠나본 적이 없는 소심한 남자인데 어쩔 수 없이 여행을 떠나면서 성장하고 담대해진다. 질식할 것 같은 현실, 우울과 탈진, 목표 없이 안개 속을 헤매는 것 같을 땐 떠나보자. 한 스푼의 용기만 있으면, 돈 없어도 용기만 있으면 떠날 수 있다. 거기다 불편을 조금만 용인한다면 훨씬 더 다양하고 매력적인 여행 경험을 얻을 수 있다. 에어컨 나오는 시원하고 깨끗한 숙소, 냄새나지 않고 뽀송뽀송한 침대, 언제든 내 취향대로 먹을 수 있는 훌륭한 식사를 조금만 포기하면 정말 다채로운 문화의 속살을 엿볼 수 있다. 빠른 교통 수단보다 완행을 택하고 심지어 하루 종일 걷다 보면 땀은 바가지로 흘릴지라도 여행지의 삶에 조금 더 깊이 들어가 볼 수 있다. 추위, 더위, 배고픔도 때로는 더 넓고 깊은 여행의 자양분이 된다.

여행을 뜻하는 영어 단어 'travel'은 고대 프랑스어 'travail'에서 왔다고 하는데, 지금도 영어의 'travail'은 진통, 고생, 고역을 뜻한다. 사실 나는 더럽고 냄새나고 불편한 여행이 더 여행 같다. 알랭 드 보통은 여행하는 심리에서 가장 중요한 것은 '수용성'이라 했다. 수용적인 태도가 되면, 겸손한 마음으로 새로운 장소에 다가가게 된다. 거기서 새로운 세계가 열린다.

이동 수단 자체가 여행의 즐거움이 되기도 한다. 나는 기차 여행이 너무 좋다. 아마도 어렸을 적 해마다 몇 번씩 탔던 통일호의 기억 때문인지도 모르겠다. 본가가 있는 거제도에 가려면 부산까지 5시간 넘게 통일호 열차를 타고 부산에서 2시간 동안 배를 타야 했다. 비둘기호 다음으로 느린 통일호는 의자를 돌리면 네 명이 마주 보고 앉을 수 있었다.

우리 네 식구에게 딱이었다. 통일호를 탈 때면 엄마는 한 열다섯 명이 먹을 만큼 먹을거리를 준비하셨다. 치킨, 김밥, 과일, 과자 등등 5시간 넘게 내려가면서 끝없이 먹는다. 먹으면서 게임판이 벌어진다. 아이 엠 그라운드, 007 빵, 인디안 밥, 369…. 요즘은 상상할 수도 없는 풍경이다. 지금도 종종 기차를 타면 굳이 도시락을 사서 차 안에서 먹는다. 그때마다 통일호의 그 시간들이 그립다.

배낭 여행, 출장, 촬영 그리고 알프스 원정 때문에 유럽을 많이 나갔는데 유럽에서 제일 마음에 드는 것이 유레일이다. 기차 여행 덕후인 나에게 유럽은 어디든 기차로 갈 수 있어서 너무나 부럽다. 처음 알프스 원정을 갔을 때 김치가 터져서 객실에 냄새가 진동한 탓에 연결 통로로 쫓겨나 하루 종일 통로에 쭈그리고 앉아 있었던 것도 참 웃픈 기억이다.

알프스 산악 열차는 가파른 산을 올라야 하므로 톱니바퀴 돌아가는 딸딸딸딸 소리가 나는데 그 규칙적인 음이 매력적이다. 그 딸딸딸딸은 진동이 되어 나무판때기 의자를 통해 엉덩이에도 그대로 전해진다. 시베리아 횡단 열차에서는 우리나라에선 없어진 침대차 4인실에서 러시아 사람들과 밤새 컵라면을 먹으면서 수다를 떨다 친구가 되었다. 요즘 초고속 열차에서는 맛볼 수 없는 낭만이다. 약간은 허름하고 사람 냄새나는 기차가 제맛이다. 다음번엔 칭장열차를 타고 티베트 여행을 하고 싶다.

여행을 할 때마다 사진과 영상을 남겨오지만, 여행의 기억은 그것과는 다른 공감각적이고 입체적인 흔적을 남긴다. 그 시간, 그 장소의 소리와 냄새와 느낌까지 오감에 각인된다. 설명할 수도 없고 재현할 수도 없다. 그저 내 기억 속에 있을 뿐. 그런 기억을 품고 돌아오면 조금 자란 느낌, 그리고 조금 젊어진 느낌이다.

돌아갈 집과 고향이 있다는 것 또한 위안이다. 인간은 노스탤지어의 숙명을 짊어졌으니. 돌아갈 곳 없는 유랑 혹은 방랑은 서글플 것이다. 어쨌든 여행을 끝내고 돌아오면 일상의 소중함을 깨닫고 동시에 일상의 무게에 짓눌린다. 먹고살 걱정이 기다리고 있다. 책상머리에 붙여놓은 사진, 핸드폰 여행 폴더에 모아놓은 사진들을 위안으로 삼으며 달린다. 그렇게 돌아온 일상 속에서 조금씩 늙어간다. 떠나서 젊어졌다 돌아와서 늙어졌다, 젊어졌다 늙어졌다 끝없는 반복이다.

생각해보면 돌아온다는 개념도 없는 것이 아닐까? 내가 떠났다가 돌아온 집과 일상은 이미 떠나기 전의 그것이 아닐 테니. 누군가는 우리의 삶을 '우주의 편도여행자'라 표현했다. 인생 자체가 여행인 것이다.

일상에서 늙어갈 때는 책을 본다. 여행은 발로 하는 독서이고, 독서는 글로 하는 여행이라지 않나. 여행기도 좋지만, 특히 역사책과 철학책 심지어 소설책까지 여행을 떠날 때 더 깊은 자양분이 된다. 정말 아는 대로 보이더라. 더 많은 것을 보고 더 깊이 느끼게 해주더라.

거의 20년 전에 나온 베르나르 올리비에의『여행』을 좋아한다. 은퇴하고 환갑이 넘어서 1만 2,000km에 달하는 실크로드를 걷고 출간한 도보 여행기『나는 걷는다』이후 수채화가인 프랑수아 데르모와 동행해 다시 출간한 여행기다. 철학적이고 시적인 여행기와 어우러진 데르모의 수채화 삽화가 너무 아름다웠다.

셰릴 스트레이드의『와일드』는 예전에 혼자 떠난 강릉 여행 때 이틀 동안 카페에 틀어박혀 읽었다. 어머니의 죽음과 이혼, 실직으로 인생의 나락에 떨어진 저자가 우연히 4,200km나 되는 퍼시픽 크레스트 트레일을 걸으며 위로와 치유를 얻고 자신을 찾아가는 이야기다. 후에 영화로도 제작된『와일드』를 읽고 퍼시픽 크레스트 트레일에 너무나 가보고 싶었다. 그 당시엔 우리나라에서 완주한 사람이 한 명뿐이었는데 지금은 여러 명의 여행기가 인터넷에 있더라.

김영하의『여행의 이유』, 손미나의『스페인, 너는 자유다』, 알랭 드 보통의『여행의 기술』, 니코스 카잔차키스의 여행기들 중에서도 특히『스페인 기행』을 좋아한다. 언젠가는 나의 여행기를 써보고 싶다.

『리스본행 야간열차』를 읽고 리스본에 가보고 싶어졌다.『냉정과 열정 사이』,『인페르노』를 보고 피렌체에 가보고 싶어졌다. 어릴 때부터 꿈꿨던 인도도 아직 못 가봤다. 모로코 사하라사막의 모래를 밟는 느낌은 어떨까? 오로라를 내 눈으로 보면 어떤 기분일까? 우유니사막에는 별이 쏟아진다는데 은하수 이불을 덮고 자는 기분은 어떨까? 얼마 전 어느 항공사 기내 잡지에서 트랜스 부탄 트레일을 알게 되었다. 세상에서 가장 행복한 나라면서 신비에 싸인 나라 부탄을 서에서 동으로 횡단하는 403km 의 트레일 코스. 그 뒤로 트랜스 부탄 트레일 병이 났다. 언젠가 트랜스 부탄 트레일로 혼자 떠나리라.

박노해 시인이 "홀로일 때 충만하지 못하면 함께여도 충분하지 못하다."고 했는데 언제부터인지 홀로 떠나는 여행을 꿈꾼다. 인도 여행도 혼자서 몇 달 떠나고 싶다. 죽기 전에 우주 여행도 가볼 수 있을까? 달에서 문워크는 한번 해봐야지! 나의 역마살은 우주로까지 뻗어가고 있다.

프랑스 철학자 파스칼 브뤼크네르는 "인류는 집에 처박혀 사는 자들과 밖으로 돌아다니는 자들로 나뉜다. 나이가 들수록 칩거족의 수가 무섭게 늘어난다. 그렇지 않은 자들은 다시 한 번 세상을 두루 누비고 다니겠다는 야심을 펼친다."고 했다. 나는 세상을 떠날 때 추억이 많은 사람이 진짜 부자라 생각한다. 내 추억은 여행과 모험으로 가득했으면 좋겠다. 이제 다시 짐을 싸야겠다. 내가 모르는 세상을 향해.

배워서 남 주나?

~~~~~~~~~

"날 가르치려고 들어?"

감히 이런 말을 입 밖으로 내뱉을 수 있는 사람을 나는 경멸한다. 그런 사람이 우리 사회의 지도자인 것은 시대의 비극이다. 그런 사람은 달라질 리가 만무하지만, 현인들의 말씀을 들려줄까 한다.

하나라도 배울 것이 있다면 나의 스승이다. 여러 사람을 스승으로
삼아 대화의 즐거움을 누리며 유익한 배움을 얻어라.
겸손한 태도로 사람들의 말을 경청하라.
- 발타자르 그라시안

가장 고귀한 쾌락은 이해하는 즐거움이다. - 레오나르도 다 빈치

학문의 목적은 영혼의 기쁨이다. - 아리스토텔레스

영원히 살 것처럼 배우고 내일 죽을 것처럼 살아라. -『탈무드』중

배우는 일은 멈추면 안 된다. 푸른 물감은 쪽에서 취했지만,
쪽보다 더 푸르고, 얼음은 물로 만들어졌지만, 물보다 더 차갑다.
-『순자』「권학」편

배우고 때로 익히면 또한 기쁘지 아니한가. -『논어』「학이」편

살아 있는 한 계속해서 사는 법을 배워라. - 루키우스 세네카

삶이란 어쩔 수 없이 성장과 변화의 과정이다. 성장과 변화가
멈추면 죽음이 닥친다. - 에리히 프롬

훌륭한 사람을 만나지 않고, 좋은 책을 읽지 않는다면 당신은
5년 뒤에도 지금 그 모습 그대로일 것이다. - 찰리 존스(비즈니스 전략가)

좋은 교육이 인간을 구원한다. - 엘레나 포니아토프스카(멕시코 작가)

이렇게 빠르게 변하는 세상에서 배우기를 거부하고 어떻게 살 수 있는지 신기하다. 후배들과 이야기하다 보면 예전에 내가 알던 것들이 이제는 쓸모없어졌다는 것을 자주 깨닫는다. 모르는 것은 또 왜 이렇게 많은지… 아! 또 한 명의 무식한 지도자가 기억난다. 모든 일에 "내가 해봐서 아는데~." 하며 아는 척하던. 예전에 알던 것이 지금에도 통하는 것은 절대적인 진리밖에 없다. "내가 해봐서 아는데~."는 뇌가 굳었다는 증거다.

우리는 정말 죽을 때까지 배워야 한다. 프랑스 철학자 파스칼 브뤼크네르도 "새로운 앎은 무덤에 갈 때까지 계속되리라. 우리는 아직 다시 한 번 세상에 우리를 내놓고 배움에 몰두할 시간이 있다."고 했다.

'지식 두 배 증가곡선'을 아는가. 인간의 지식이 두 배로 늘어나는 데 걸리는 시간을 말한다. 20세기 초만 해도 100년이 걸렸는데 지금은 1년 정도란다. 지금의 지식도 버거운데 내년엔 지식의 총량이 두 배가 된다는 것이다. 2030년엔 사흘마다 두 배가 된다고 한다. 지식 혁명, 정보 혁명이란 말로는 감당이 안 될 속도다.

이미 인공지능[AI] 챗GPT 같은 완전히 새로운 것들 때문에 숨이 가쁘다. 챗GPT를 능숙하게 사용하는 후배들을 보면 마냥 신기하고 부럽다. 앞으로 펼쳐질 세상이 두렵기도 하다. OECD는 AI 때문에 일자리 27%가 사라질 거라는 예측을 내놓았고, 구글은 벌써 3만 명을 구조조정하겠다고 발표했다. 가상인간 쇼호스트가 방송을 하는 마당이니 내게도 남 일이 아니다. AI는 한술 더 떠 이제는 소설을 쓰고, 그림을 그리고, 작곡을 하는 경지에까지 이르렀다. 그리고 그 모든 지식은 손바닥만 한 스마트폰에 다 들어 있다. 아니, 지식은 구름처럼 둥둥 떠 있고 이 작은 손전화기로 언제 어디서든 불러올 수 있다. 이런 세상인데 우리는 어떻게 공부할 것인가? 무엇을 공부할 것인가? 공부할 필요가 있기는 한 것인가?

어렸을 때 즐겨봤던 〈과학동아〉라는 잡지에서 미래 인류의 진화 예상도라며 뇌가 지금보다 커져서 대갈장군이 된 일러스트를 본 기억이 있다. 그런데 지금처럼 AI와 검색에 의존하고 스스로 공부하지 않는다면 뇌는 오히려 쪼그라들지 않을까? '호모 사피엔스 사피엔스(슬기 슬기 사람)'에서 '사피엔스'가 하나씩 떨어져 나갈지도 모를 일이다.

최재천 교수는 우리의 수명이 더 길어져 직업을 일고여덟 번은 갈아치울 것이라 예상했다. 이직을 할 때마다 세상은 더 변해 있을 테니 끊임없이 준비하지 않는 사람은 힘들어질 것이 분명하다. 공부야말로 가장 적은 비용으로 가장 큰 효과를 거둘 수 있다. 정말 롱런long run하려면 롱런long learn해야 한다. 공부로 인생을 바꿀 수 있다. 지금의 지구는 무조건 지식 기반 사회이기 때문이다. 장정일 작가는 "읽은 책이 세상이며, 읽기의 방식이 삶의 방식이다."라고 말했다. 예나 지금이나 앞으로도 가장 유효한 공부법은 독서다.

내가 아버지에게 물려받은 최고의 유산은 독서 습관인 것 같다. 아버지는 교사 생활을 하다 마흔 넘어 신학교에 진학해 목사가 되었다. 40대에 20대 초반 애들이랑 같이 학교를 다닌 것이다. 어릴 때 내가 본 아버지는 손에서 책을 놓는 법이 없었다. 식탁에서도 심지어는 버스에서도. 40대 중반에 차석 졸업을 할 만큼 성실의 끝판왕 같은 태도를 보여주셨다.

나도 어릴 적엔 공부를 제법 하는 편이었다. 중고등학교 시절 반에서 2, 3등은 유지했으니까. 반에서 1등은 몇 번 못해봤다. 잊을 수 없는 라이벌이 있었는데 중학교 때 줄곧 1등 하던 친구의 아이큐가 96인 것을 알고 충격을 받았다. 노력의 위력을 깨달은 순간이었다. 대학 시절 집에서는 한 달에 20만 원을 생활비로 보내주었다. 기숙사 생활을 하면서 그 돈으로 한 달을 먹고살아야 했다. 그런데 20만 원이 입금되자마자 서점으로 달려가 책을 다

사는 것이다. 밥은 기숙사 형들에게 '빈대 붙었다.' 김태희 형, 정연득 형, 문백수 형에게 아직도 고마운 마음이다.

학부를 졸업하기 전에 나는 장로회신학대학교 학부와 대학원을 통틀어 가장 많은 책을 가지고 있었을 것이다. 아마 몇몇 교수들보다 많았을 수도 있다. 그때 막 생긴 아마존이라는 미국 사이트에서 원서를 주문하면 한국까지 보내주는 신기한 세상이 열렸다. 원서 몇 권은 대한민국에서 내가 가장 먼저 소장했을 수도 있다. 두 권은 번역도 했다. 빌 게이츠는 "오늘의 나를 만들어준 것은 조국도 어머니도 아닌 동네의 작은 도서관이었다."라고 했다. 책은 사람을 만든다.

방송일을 시작하고 7년 만에 강의를 시작했다. 다른 사람을 가르친다는 것은 완전히 다른 차원의 문제였다. 스스로 생각해도 강의를 하기에는 턱도 없이 모자란 상태였다. 이론적 기초가 없으면 안 된다. 공부하는 수밖에. 1년에 책값이 300만 원 넘게 들어갔을 정도로 책을 봤다. 지금도 월급날 책 주문할 때 너무 행복하다. 가끔 서점에 나가면 시간 가는 줄 모른다. 물론 다 보진 못한다. "완독하면 좋지만, 모든 책을 완독할 수 없고, 완독할 필요도 없다."는 유시민 작가의 말에 격하게 공감한다.

20대의 연평균 독서량이 2011년에는 18.8권이었는데, 2021년에는 8.8권, 절반 이하로 급격하게 줄었다는 통계를 보았다. 1년 동안 책을 한 권도 안 읽은 사람이 국민의 절반 이상이라고 하니 참 씁쓸하다. 공채 필기시험에서 자기 이름을 한자로 못 썼다는 것을 자랑스럽게 SNS에 올리는 MZ세대를 보면서 한숨이 나오기도 했다. 스마트폰의 짧고 자극적인 콘텐츠에 중독되다 보면 책은 너무 지루하고 지난한 수단으로 전락한다. 이렇게 좋은 책이 많고, 이렇게 책을 구하기 쉬운 시대에 중년 꼰대는 안타까울 따름이다.

공부에 어려움을 겪고 있는 내 딸에게도 아빠의 모습이 본이 되었으면 좋겠다. 공부는 힘들어도 해야 할 때가 있다는 것, 더 나아가 공부의 즐거움, 아니 깨달음이 주는 즐거움을 조금이라도 알았으면 좋겠다. 스마트폰보다 책에서 인생을 배워갔으면 좋겠다. 지금 동네 정약용도서관에서 원고를 쓰고 있는데, 도서관은 천국 같다. 어린아이들부터 백발 성성한 어르신들까지 책 읽는 열기가 뜨겁다. 책 읽는 사람이 줄지 않았으면 좋겠다. 책 읽는 사람이 많을수록 우리 사회도 더 성숙해질 테니까.

우리는 조상들보다 무언가를 이룰 시간적 여유를 더 많이 누리는 축복(?)을 받았다. 이 시간이 진정한 축복이 되려면 늘어난 시간만큼 노력이 필요하다. 내게 다행인 것은 나이를 먹어가면서 더 배우고 공부하고 싶은 욕구가 커진다는 것이다. 오십을 넘어 지금 책을 가장 많이 읽는다. 20대 때보다 더 치열하게 읽는 것 같다. 경험이 쌓이고 생각이 넓어져 이해가 잘되니 속도도 붙는다. 꼭 읽어야 할 책과 숨아 읽을 책, 굳이 읽을 필요가 없는 책도 구분할 수 있게 되었다.

다만 머리가 조금 더 좋았으면, 그리고 조금 더 젊었으면 하는 아쉬움은 어쩔 수 없다. 분석력과 기억력이 확실히 떨어졌다. 머리에 떠오른 즉시 적어놓지 않으면 몇 분 후엔 뭔가가 떠올랐다는 사실조차 기억 못할 때가 있다. 노안이 시작된 눈도 침침할 때가 많다. 사실 이게 제일 불편하다. 메이지대학교 사이토 다카시 교수는 "책 읽는 사람은 늙지 않는다."라고 했는데, 늙는다. 더 젊었을 때 더 치열하게 공부했어야 했는데…. 아쉬움이 드는 것은 어쩔 수가 없다. 20, 30대엔 즐거움을 좇느라 시간과 돈을 많이 낭비했다. 지나가 버리면 결코 되돌릴 수 없는 것이 시간이라 그저 아쉬울 뿐이다. 아쉬운 만큼 내 인생에 남아 있는 시간은 더 꽉 채워봐야겠다.

추사 김정희 선생은 "가슴속에 만 권의 책이 들어 있어야 그것이 흘러넘쳐서 그림과 글씨가 된다."고 했다. 명나라 때 서예가 동기창의 "독만권서 행만리로讀萬卷書 行萬里路"와 같은 말이다.

책을 많이 읽는 사람은 다른 사람의 말에 휘둘리지 않는다. 책을 폭넓게 읽는 사람은 여러 사람들의 다양한 생각을 편견 없이 수용하는 유연성과 포용력도 갖게 된다. 요즘은 오디오북, 전자책, 유튜브처럼 다양한 독서 플랫폼과 〈세바시〉, 〈사피엔스 스튜디오〉, 〈TED〉 같은 강의 채널도 많아 손쉽게 지식을 습득할 수 있다. 그래도 난 종이책이 좋다.

신학교 시절 학부에서는 본격적인 신학은 거의 배우질 않았다. 신학은 대학원에 올라가서 배우고, 학부에서는 크게 두 가지, 철학과 어학에 집중한다. 고등학교 때 이과였던 나는 생경한 철학에 빠졌다. 마침 장신대학교 철학 교수셨던 한숭홍 교수님과 잘 맞았다. 마르틴 하이데거의 제자이자 니체 철학의 권위자였는데 아무것도 모르는 새내기를 따뜻하게 이끌어주셨다. 신학교 입학하자마자 읽어야 할 철학서들이 쏟아졌는데, 이드Id, 에고Ego 같은 단어들도 처음 듣는 20대 초반 이과 출신에게 그런 철학서가 이해가 됐겠나? 레포트를 내려면 무작정 읽는 수밖에. 그래도 니체의 초인사상에 관한 레포트는 교수님에게 칭찬을 받았다. 아마도 교수님이 몇십 년 전에 쓴 논문을 찾아 인용했기 때문인 것 같다.

그렇게 신학교 때 읽었던 책을 지금 다시 읽고 있다. 얼마 전에

에리히 프롬의 『소유냐 존재냐』를 다시 읽었더니 이제는 이해가 되더라. 『차라투스트라는 이렇게 말했다』는 정말 제대로 다시 읽어보려고 미뤄두었다. 분명한 것은 철학이 세상을 살아갈 방향과 방법을 알려준다는 것이다. 철학은 인간의 본성과 인간 사이의 관계, 세상이 돌아가는 이치에 조금이라도 눈뜨게 해준다. 요즘은 철학을 읽기 참 좋은 세상이다. 어렵지 않고 재미있기까지한 철학 입문서들이 정말 많기 때문이다.

『우리 인생에 바람을 초대하려면』, 『소크라테스 익스프레스』, 『참을 수 없이 불안할 때, 에리히 프롬』, 『마흔에 읽는 쇼펜하우어』, 『우주의 끝에서 철학하기』, 『못 말리게 시끄럽고 참을 수 없이 웃긴 철학책』, 『모든 삶은 흐른다』 같은 책들이 참 좋다. 라떼는 이런 책들이 별로 없었는데.

요즘 나는 페터 비에리에 꽂혀 있다. 스위스 철학자 페터 비에리의 『교양수업』, 『삶의 격』, 『자기결정』은 어렵지 않고 너무 형이상학적이지 않으면서 우리 삶의 품격을 높일 수 있는 방법을 이야기한다. 페터 비에리는 예전에 영화를 보고 감명받아 소설로 다시 읽었던 『리스본행 야간열차』의 작가 파스칼 메르시어와 동일 인물이었다!

지금은 '탈진실의 시대'라고 한다. 진실이 없다는 것이 아니라 객관적인 사실보다 자신이 보고 싶은 것만 보고, 믿고 싶은 것만 믿는 확증 편향이 강화된 시대라는 것이다. 가짜 뉴스가 판치는 세상이란 말이다. 세계 최강대국의 전 대통령이었던 트럼프가 기후 위기를 새빨간 거짓말이라고 하는 것이나, 지구가 평평하다고 주장하는 평면지구론자들이 지금도 당당하게 활동하는 것이 그 예다. 그만큼 우리에게는 폭넓은 공부가 필요한 것 같다. AI의 시대에 우리의 공부는 오히려 반대 방향으로 나아가도 괜찮을 듯하다.

공부하는 데는 혼자만의 시간도 필요하다. 읽고 배운 것을 생각하고 깨닫기 위해서다. 혼자 있어도 스마트폰에서 벗어나질 못하는 세상이니 스마트폰과도 의도적으로 단절할 필요가 있다. 암 수술을 받고 석 달 동안 요양했던 기간은 내게 선물 같은 시간이었다. 데카르트의 말처럼 생각하기 때문에 우리는 존재하는 것이니까.

요즘도 틈틈이 혼자 산에 가서 '짱박힌다.' 도서관과 스터디 카페도 공부하고 생각하는 공간으로 괜찮은 것 같다. 생각할 시간뿐만 아니라 요즘 말로 '멍 때리는' 시간도 너무나 중요하다. 멍 때리다 보면 마음과 몸이 차분해지고 갑자기 어떤 생각이 튀어나오기도 한다. 파스칼은 "모든 인간의 불행은 고요한 방에 혼자 조용히 앉아 있을 수 없기 때문."이라고 했다.

배움은 위로부터만 오는 것이 아니다. 물론 위로부터 배우는 것이 많다. 오십이 넘었지만 나보다 나이 많은 선배들과 얘기 나누다 보면 언제나 건지는 것이 있다. 그런데 후배들에게도 배운다. 후배들은 문제 해결 능력이 확실히 빠르다. 나보다 똑똑하다. 리버스 멘토링reverse mentoring이 꼭 필요한 이유다. '세 사람이 동행하면 반드시 스승으로 받들 만한 사람이 있다.'는 공자님 말씀, '삼인행 필유아사三人行 必有我師'는 진리다.

신학교를 졸업하면서 시작된 길고 배고팠던 취준생 생활을 끝내고 쇼호스트가 되고 나서 문득 세상을, 우리나라를 너무 모르고 있다는 사실을 깨달았다. 특히 우리 현대사에는 정말 무식했다. 고등학교 때도, 대학교 때도 내 앞날을 위해 공부하느라 사회의식이나 역사 인식은 뒷전이었으니까.

현대사를 찾아 읽었다. 그리고 스물아홉 5월 18일에 혼자 무작정 광주로 내려갔다. 도대체 광주에서 무슨 일이 일어난 것인지 궁금했다. 2박 3일 동안 광주를 배회하면서 많은 이야기를 듣고 국립5.18민주묘지에서 소위 '각성'을 했다. 파스칼 브뤼크네르가 "공부는 스스로가 얼마나 무지했던가를 깨닫게 하는 '자기 구제'의 핵심이다."라고 말했던 것처럼 그럼으로써 나는 구제되었다.

그때부터 지금까지 방송인이면서 정치적인 목소리를 내는 것도 좋은 세상을 만드는 데 조금이나마 힘을 보태겠다는 나의 실천 방법이다. 불이익과 탄압도 제법 받았다. 하지만 나는 떳떳하다. 옳은 일이라 믿으니까.

나는 배움은 네 계단을 오르는 것이라 생각한다. '배움–깨달음–변화(실천)–남 주기'. 네 계단의 무한 반복이 인류 문명을 만들었다. 물론 모두가 네 계단을 오르지는 못한다. 인간종에는 호모 사피엔스 사피엔스도 있고, 호모 사피엔스도 있고, 그냥 호모도 있는 법이다.

공부는 어떻게든 우리 삶에 흔적을 남기게 마련이지만, 변화의 계단까지 가는 건 범인에게 쉽지 않다. 미국의 교육자 레오 버스카글리아는 "변화는 모든 배움의 마지막 결과다."라고 했고, 페터 비에리는 "교양인은 책을 읽는 사람이다. 책을 읽은 후에 변화하는 사람이다. 내면의 변화와 확장을 이끌어내 결국 행위로 이어지는 것."이란 말을 남겼다. 미셸 푸코도 "삶에서 가장 중요한 것은 처음과 다른 존재가 되는 것이다."라고 말했다.

그런데 생각해보면 '변화'라는 것은 자신에게 국한되는 것 아닌가. 자아실현에 불과한 것이 아닌가 싶다. 토굴에서 평생 도를 닦아 득도하는 것도 좋다. 그런데 사람들의 삶을 더 좋게 만들지 못하고 세상을 바꾸지 못한다면 무슨 소용인가? 그래서 공부에는 마지막 계단이 필요한 것이다. 공부해서 남 주는 것.

누구나 나이를 먹어가면 무슨 일을 하든지 가르치는 위치에 서게 된다. 커리어든 취미든, 선생으로든 선배로든. 신학생 때 나는 교육 전도사로 초등부 아이들을 가르쳤다. 17년 전부터는 방송 아카데미에서 학생들을 가르쳐왔고, 기업과 학교에서 스피치, 마케팅 강사도 하고 있다. 취미인 암벽 등반과 스노보드도 오래 하다 보니 여러 후배들을 가르쳐보았다. 좀 더 많은 '남'들에게 주기 위해 책도 출판했다. 앞으로 화술, 스토리텔링, 마케팅 책을 계속 쓰려고 한다.

배움은 인간다움을 규정하는 특질 중 하나다. 관계 역시 인간다움을 규정하는 하나의 특질이다. 배움이 관계의 과정으로 넘어가는 것이 '남 주는 것'이다.

무엇이든 남 주자. 맛있는 칵테일을 만드는 방법이든, 부엌을 효과적으로 정리하는 방법이든, 골프 스윙을 잘하는 방법이든, 어렵게 배웠으면 쉽게 남 주자. 기왕이면 세상에 보탬이 되는 것을 주는 것이 더 좋겠지? 김형석 선생도 말했다. "정신은 늙지 않는다. 항상 공부하라. 공부해서 남 주는 게 행복이다."

배워서 남 주자!

내 이 세상 도처에서 쉴 곳을 찾아보았으되 마침내 찾아낸,

 책이 있는 구석방보다 나은 곳은 없더라.

 - 토마스 아 켐피(독일 신비사상가)

깨달음은 바깥으로는 세상에 대한 새로운 각성이고,

안으로는 자기 자신에 대한 새로운 성찰이다. 그래서

깨달음이란 게 우리가 느끼는 가장 깊이 있는 행복이다.

- 신영복

결국 인생은 우리 모두를 철학자로 만든다.

- 모리스 리즐링(프랑스 철학자)

스스로 그러하다
자연*

~~~~~~

    여름 한낮 아파트 단지 안에 매미 울음소리가 가득하다. 생각해보면 참 이상하고 신기하다. 굉장히 크고 높은 소음인데 매미 울음소리를 들으며 짜증이 나거나 불쾌했던 기억이 없다(짜증 내는 사람이 종종 있긴 하더라만). 인간의 귀와 뇌가 이런 자연의 소리는 편하게 받아들이도록 진화가 되었는지, 아니면 애초에 인간이 불쾌할 음역대를 피해 누군가 세팅을 한 것인지. 어쨌든 회색 빌딩숲 도시 안에서 여름 한철 목이 터져라 울어대는(사실 매미를 포함해 곤충 대부분이 내는 소리는 목에서 나는 소리가 아니다) 이 매미

---

*자연(自然): 스스로 '자' 그러하다 '연', 우리가 쓰는 자연이라는 말은 특정 종교의 신앙과 배치된다. 스스로 그러한 존재는 창조주밖에 없으니. 스스로 그러한 자연이라는 말은 전적으로 진화론에 입각한 용어임을 상기한다.

들의 합창은 내 마음에 덕지덕지 묻은 때를 씻어내 주는 소리의 물줄기 같다. 색도 그렇다. 자연이 우리에게 보여주는 하늘, 구름, 나무와 숲, 바다, 밤하늘과 별, 수많은 꽃과 과일들, 사람의 피부색 등 우리 눈에 거북한 색이 있던가? 오히려 사람이 만든 색과 빛은 공해의 수준에 가까울 때가 많다. 자연은 참 그대로 자연스럽다.

초등학교 고학년 때 고양군 원당읍 성사리에 살았다. 지하철 3호선이 구파발까지만 다녔고, 일산에 이제 막 아파트 터를 파기 시작하던 시절, 우리 집에서 버스가 다니던 큰길 하나만 건너가면 다 논밭인 시골이었다. 녹번동에 있는 은평국민학교에 버스로 통학했는데, 담임 구본형 선생님이 시골에 산다고 학급 자연부장을 시켰다. 개구리와 올챙이를 잡아다가 교실에서 키우는 것이 내 임무였다. 내 덕분에 서울 아이들이 개구리의 일생을 학교에서 관찰하는 특권을 누린 것이다. 나는 자연부장의 막중한 책임감으로 올챙이 한 마리도 잃지 않으려고 온갖 정성을 쏟았고 개구리의 일생을 열심히 공부했다.

고등학교 2학년 때 서울에 살다 목사였던 아버지가 시골로 교회를 옮기는 바람에 경남 창원으로 이사를 갔다. 창원시에서 커다란 산을 넘어가야 나오는 북면이라는 완전 시골이었다. 첫

173

날 밤 내 방 창문 밖에서 개구리의 합창 소리가 들려오는데, 그렇게 많은 합창단원의 하모니는 들어본 적이 없었다. 처음엔 시끄럽게만 느껴지던 소리가 서서히 자장가처럼 다가왔다. 주말에는 엄마와 논에 가서 미꾸라지를 잡았고 비 오는 날 해 질 녘 다리 밑에서 낚싯줄을 던지면 팔뚝보다 굵은 메기가 올라왔다. 그때는 황소개구리도 심심찮게 잡았다.

어린 시절 내내 나는 자연과 도시를 오가면서 맘껏 놀았다. 도시에서는 도시 아이들과 화약 놀이를 했다. 잠자리나 매미의 배에 폭음탄(손가락 두 마디 정도의 화약통에 심지가 붙어 있어 미니 다이너마이트처럼 생긴)을 매달아 날리면 조금 날다 터진다. 지금 떠올리면 너무나 죄스럽다. 인간의 잔인성이 고개를 들던 때가 나에게도 있었던 것이다. 지금은 발밑의 개미 한 마리 죽이지 못한다.

최전방 부대에서 군 복무를 했던 나는 어느날 저녁, 멧돼지를 만났다. 소초에서 한 50m 떨어진 '짬통' 앞에서 거대한 멧돼지와 눈이 마주쳤다. 놈도 짬통에 머리를 처박고 식사를 즐기느라 내가 다가오는 것을 눈치채지 못했나 보다. 놈과의 거리는 겨우 5m. 지릴 뻔했다. 식판에 얼굴을 묻고 속으로 중얼거렸다. '가라…! 제발!' 고개를 들어보니 사라지고 없었다.

이와 같은 경험은 미국 요세미티에 암벽 등반을 하러 갔을 때도 있었는데 이번엔 불곰이었다. 비디오를 찍는데 카메라 파인더 안에 나보다 훨씬 큰 곰이 들어왔다. 그때도 거리가 한 5m밖에 안 됐다. 죽는구나 싶었다. 조금 지렸다. 별 관심이 없는지 가버리더라. 그들은 내게 관심이 없었지만 나는 소름이 돋았다. 생명의 위협을 느꼈기 때문만은 아니다. 야생동물을 마주한다는 것은 책이나 동물원에서 보는 그것과는 정말 다르다.

몰디브에서 스노클링을 할 때 내 바로 아래에서 유유히 헤엄치던 고래상어는 소름 돋게 아름다웠다. 우아하고 기품 있는 유영을 잊을 수가 없다. 이런 거대한 생명체들을 가까이서 본다는 것은 너무나 경이롭고 신비한 경험이다. 그것도 자연 상태에서 그들과 눈이 마주친다면 전율은 배가 된다. 같은 피조물이라는 동류성을 느끼고 그들을 더 많이 알고 싶어진다. 인간과는 달리 자연 그대로 살아가는, 지구를 공유하는 구성원으로서 경외심을 가지게 되는 것이다. 나는 동물들에게 영혼이 없다는 것을 믿지 못하겠다. 사람에게 영혼이란 것이 있다면 동물에게도 있을 것 같다. 주인을 기다리다 죽은 수많은 개의 이야기와 죽은 새끼를 놓아주지 못해 몇 날 며칠을 품고 다니는 어미 고래의 모정, 동료의 죽음에 슬퍼하고 애도까지 하는 침팬지까지, 그들과 우리는 닮은 점이 많다.

나는 인간만 바글바글한 천국에는 가고 싶지 않다. 아니, 푸른 하늘과 하얀 구름, 우거진 숲에 노래하는 새들과 벌레들, 뛰어다니는 동물들과 바닷속을 유영하는 고래와 물고기들이 없다면 그곳은 천국이 아니다. 그래서 나는 자연을 파괴하고 동물을 학대하는 자들을 혐오한다.

　　자의 반 타의 반으로 지금은 도시 생활을 하고 있지만 자연은 언제나 그립다. 그래서 틈만 나면 어머니 자연의 품으로 도망을 간다. 산도 좋고 바다도 좋다. 캠핑이나 백패킹도 좋다. 서울 근교에서 혼자만의 숲, 혼자만의 자연을 만끽할 만한 공간은 많지 않다. 시간도 많지 않다. 혼자 걷다 보면 오래지 않아 누군가 마주친다. 사색이나 공상에 잠기다가 현실 세계로 강제 소환되기 일쑤다.

　　그래서 온전히 혼자서 자연의 품에 안기려면 조금 멀리 떠나야 한다. 걸어도 좋고 앉아도 좋다. 이파리 사이로 햇살이 깜박이고, 바람이 풀을 연주하면 벌레와 새들이 협연을 시작한다. 이어폰을 꽂으면 안 된다. 나와 자연 사이를 방해할 첨단 기기가 있으면 안 된다. 흙냄새, 풀 냄새, 꽃 냄새에 취해 눈을 감는다. 잠겨야 한다. 가라앉아야 한다. 깊이, 더 깊이. 숲속인지 물속인지 모를 정도로. 문명의 소음이 완전히 사라지는 그곳에선 다른 차원의 세계가 열린다. 공간과 시간의 개념이 사라지기에 오히려 사람을 마주쳐 깨어나는 것이 다행일 때도 있다.

평생 시간에 쫓기며 산 나는 이렇게 시간에 무감각해지는 순간 약간의 당혹감을 얹은 행복의 아이러니에 빠진다. 자연은 결코 재촉하지 않는다. "달콤하고 깊은 몽상이 감각을 사로잡고, 감미로움에 취한 채 자신과 하나가 된 이 아름다운 세계의 무한함 속으로 빠져든다."라고 한 장 자크 루소와 "자연에 대한 사랑을 간직하라. 그것이 예술을 더 깊이 이해하는 진정한 방법이다."라고 했던 빈센트 반 고흐도 나처럼 자연중독자였나 보다.

이렇게 깊이 잠길 때뿐만 아니라 집 주변 녹지대를 잠깐 산책만 해도 스트레스와 불안이 줄어드는 것을 확실히 느낀다. 자연이 힐링이 되는 것은 상식이다. 삶의 무게에 짓눌려 깔딱깔딱 숨이 넘어갈 때 심폐소생술을 해준다. 자연의 생명력과 재생 능력은 도시인이 조금이나마 빌려 쓰고 싶은 치트키다. 지금 대한민국 같은 '과로 사회'에서는 특히 그렇다.

우리는 자연에서 편안함을 느끼고 위로 받고 지친 몸을 회복한다. 누가 가르쳐주지 않아도 인류는 본능적으로 그래왔다. 산책을 하고 물가에 나가 발을 담그고 숲에서 피톤치드를 들이마신다. 우리도 자연의 일부이기 때문이다.

자연은 자율 신경계, 특히 그중 부교감 신경계를 자극한다. 그래서 심장 박동과 호흡을 늦추고 혈압을 낮춘다. 신진대사, 심혈관과 내장의 기능, 내분비샘과 면역력 등 모든 신체 활동을 강화한다. 교감 신경계를 억제하기 때문에 스트레스 호르몬인 코르티솔이 감소한다. 스트레스를 날려버리는 데 최고인 것이다. 나 역시도 암 수술 후 석 달 동안 시골에서 요양하면서 금세 건강을 회복했다.

자연이 이렇게 소중하다는 것을 우리 모두가 다시 한 번 뼈저리게 깨달은 계기가 코로나 팬데믹이었다. 전 세계가 격리되었을 때 자연을 누릴 수 없는 도시에 고립된 사람들, 특히 녹지나 숲과 떨어져 자연의 푸르름을 접하지 못하는 사람들일수록 심리적 건강이 악화되었다고 한다. 프랑스에서는 인구의 3분의 1이 그런 상황이었다는 조사 결과도 있다. 전원에 살거나, 도시라도 정원이 있는 집에서 사는 사람들은 훨씬 수월하게 팬데믹 기간을 견뎌냈다고 한다. 병원의 입원 환자들 중에서도 창밖으로 숲이 보이는 병실의 환자들이 훨씬 빨리 회복되더라는 통계도 있다. 그들은 진통제도 덜 처방받았다고 한다.

우리는 자연의 부재를 통해 자연의 가치를 깨달았고, 역설적으로 모두가 연결되어 있다는 사실을 배웠다. 이 행성에 함께 사는 유기체로서 우리는 결국 서로 얽혀 있고 영향을 주고받는다. 영화 〈아바타〉가 떠오른다. 위대한 어머니라 불리는 판도라 행성의 여신 '에이와'는 '샤헤일루(교감)'를 통해 식물은 물론 동물과 사람까지 모두 연결된다. 고대 그리스 신화에서는 지구를 가이아Gaia 여신으로 불렀는데, 가이아 이론은 지구를 살아 있는 거대한 유기체로 본다. 뭐 그 정도까지는 아니더라도 연결 자체를 부정할 수는 없다. 브라질 나비의 날갯짓이 미국에서 토네이도를 발생시킬 수도 있다니까.

그런데 이렇게 우리와 연결된 소중한 자연이 점점 사라지고 있다. 숲이 사라지고 식물이 사라지고 동물이 사라지고 있다. 아마존 숲의 3분의 1 이상이 숲의 기능을 상실했고, 포유류의 4분의 1, 파충류의 5분의 1, 민물 연체동물의 3분의 1, 조류의 6분의 1이 멸종 위기다. 퓰리처상을 수상한 저널리스트 엘리자베스 콜버트는 "종들이 사라지는 데는 저마다 다른 이유가 있지만, 그 과정을 끝까지 추적하다 보면 늘 동일한 범인인 '일개의 나약한 종'을 만나게 된다."라고 말했다. 모두 인간 탓인 것이다. 종교학자 카렌 암스트롱은 "인류의 역사에서 자연은 신의 현현顯現(명백하게 나타나거나 나타냄)이었고, 신성의 계시였다. 하지만 과학과 합리주의에 바탕을 둔 근대 이후로 자연과 신, 인간은 분리되기 시작했다. 신은 자연 세계 '바깥'의 존재가 되었고, 자연은 인간이 얼마든지 개발하고 수탈할 수 있는 '자원'이 되었다."라고 했다.

서구의 기독교적 세계관도 거들었다. 『성경』의 「창세기」에 나오는 "하나님이 그들에게 이르시되 생육하고 번성하여 땅에 충만하라. 땅을 정복하라. 바다의 물고기와 하늘의 새와 땅에 움직이는 모든 생물을 다스리라 하시니라."는 구절로 자연에 대한 정복과 수탈을 정당화해온 것이다.

유발 하라리는 우리 호모 사피엔스들이 인지 혁명, 농업 혁명, 과학 혁명을 거치면서 행성을 지배하게 되었지만 그 결과 자연과 생태계는 파괴되었고 지금 인류는 과거 어느 때보다 무책임하다고 성토했다. 미국자연사박물관에서 세계의 지식인들을 대상으로 인류를 위협하는 가장 심각한 문제를 투표에 붙였는데 '생물 다양성 감소'가 압도적 1위였다. 만약 모기가 멸종하면 수분이 안 돼서 카카오나무가 사라지고, 꼬리에 꼬리를 물고 사라질 생물종이 한 트럭이다. 수많은 종을 멸종시키면서 우리 인간만이 수명을 계속해서 늘려가는 것이 언제까지 가능할까? 줄줄이 사라지다 보면 인간도 결국 멸종의 길을 걷게 될 것이다. 많은 학자가 여섯 번째 대멸종이 다가옴을 경고한다. 멈춰야 한다. 지켜야 한다. 자연은 우리 인간이 마음대로 소비할 수 있는 자원이 아니다. 자연은 어머니이고 우리의 가족이다. 우리의 생존을 위해서라도 이제 인식을 바꿔야 한다.

먼저 생명에 감사하자. 내가 살아 있음에 감사하는 것만큼 다른 모든 생명에도 감사해야 한다. 인간은 자연의 본능을 위반하며 살기에 문제가 생긴다. 우린 스스로 자멸의 길을 가고 있는 것이다. 백번 양보해 인간이 만물의 영장이라 하더라도 그에 따른 책임감이라도 가져야 하는 것이 도리다.

자연의 질서와 지혜, 그리고 아름다움은 인간의 지적 한계를 넘어서는 경이다. 그 경이로움에 대한 감사와 존중과 경외심을 회복하자. 자연과의 관계를 회복하고 자연이 주는 행복을 누리기 위해 감성을 훈련하자.

요즘은 가장 큰 자연에 빠져 있다. 우주. 어릴 땐 그저 밤하늘을 올려다보며 별자리에 얽혀 있는 전설을 되새기는 것이 즐거웠다. 아버지가 제일 먼저 알려준 별자리 북두칠성, 오리온, 카시오페아에서 시작해, 그 별자리와 얽힌 칼리스토와 제우스, 사냥꾼 오리온과 아르테미스 여신, 카시오페아 여왕과 안드로메다 공주의 이야기를 그리스와 로마 신화책에서 읽으며 머릿속으로 신들의 세계를 여행했다.

이제 신화의 세계는 현실 우주가 되었다. 실제 우주선들이 찍은 사진과 환상적인 그래픽으로 만든 우주 다큐멘터리와 수많은 SF영화는 나 같은 중년 아저씨도 우주를 꿈꾸게 만든다. 얼마 전 우주에 띄운 제임스 웹 우주망원경이 찍은 사진들은 정말로 황홀하다. 우주에는 약 1조 개의 은하가 있을 것이라고 한다. 우리 은하에만 약 1조 개의 항성(태양처럼 스스로 빛을 내는 별)이 있다고 하니 전 우주에 일단 10^{24}개 정도의 항성이 있을 것이다. 그럼 지구처럼 항성 주위를 도는 행성은 몇 개란 말인가?

나는 이 우주 어딘가에 외계인이 있을 것이라고 믿는다. 생명이 존재하지 않는 자연은 완전하지 않다. 생명이 없는 우주는 허무일 뿐이다. 다만 영화 속에 등장하는 외계인처럼 호전적이지 않기를 바란다.

내 본명은 강한별이다. 한글로 '큰 별'이란 뜻이다. 요즘은 이름대로 천문학자나 우주비행사가 되었어도 참 행복했겠다는 생각이 든다. 어쨌든 죽기 전에 우주에 한번 가보고 싶다. 얼마 전 블루 오리진과 버진 갤럭틱이 상업 우주 비행에 성공했다. 100km 상공(엄밀하게 우주라고 하기엔 그렇지만)에서 3~4분 무중력 상태를 체험하고 돌아왔다고 한다. 20년 후 내가 일흔이 될 때쯤엔 화성까진 몰라도 달은 가볼 수 있지 않을까? 돈부터 모아야 하겠다.

"지구 생명의 본질을 알려고 노력하고 외계 생물의 존재를 확인하려는 것은 하나의 질문을 해결하기 위해서다. 그 질문은 바로 '우리는 과연 누구란 말인가'이다." 천문학자 칼 세이건의 말이다. 우리가 누구인지는 알 수 없지만, 인간은 참 아이러니한 존재인 것 같다. 그 무한한 우주에서 먼지보다 작은 존재이면서 우주 전체보다 귀한 존재이니 말이다. 인간의 신비, 자연의 신비다.

창덕궁이 내려다보이는 2층 카페에 앉아 글을 쓰다가 문득 우리 전통 건축은 참 자연스럽다는 것을 깨달았다. 사람의 손길이지만 자연의 일부 같다. 100m 떨어진 도심의 현대식 빌딩들이 자연과 동떨어진 100% 인공의 느낌인 것과 완전히 대비된다.

새삼 우리 조상들의 감성과 지혜가 존경스럽다. 기와를 얹은 한옥과 단청, 담장과 벽돌 굴뚝, 까치집을 품고 있는 소나무들의 조화는 완벽했다. 기와 지붕 골마다 살짝 덮인 눈마저 운치를 거든다. 겉도는 것은 오직 후대가 설치한 쇠난간뿐. 어둠이 내리고 있어 오늘은 늦었지만, 며칠 안으로 다시 와 저 궁 안뜰을 걸어야겠다.

나의 사랑하는 생활

프리랜서인 나는 누군가 찾아줄 때가 좋다. 방송이든 강의든 사회자든 섭외 연락이 오면 행복해진다. 돈이 들어오니 좋기도 하지만 아직 내가 필요한 사람이라는 생각이 들어 더 좋다. 전화든 메시지든 메일이든…. 요즘은 특히 인스타그램 DM으로 많이 온다. 언젠가는 그런 연락들이 뜸해지겠지만 많이 낙담하지 않았으면 좋겠다고 나 자신에게 말하곤 한다. 그때까지 후회 없이 일하고 나면 그렇게 되겠지.

나는 커피가 좋다. 그냥 커피가 아니라 진짜 맛있는 커피가 좋다. 맛없는 커피는 안 먹는 게 낫다. 나는 미각이 예민한 사람이 아니라서 무엇을 먹어도 거의 다 맛있다. 어느 식당을 가도 맛있게 잘 먹는다. 그런데 유독 커피만은 예민해졌다. 원래 그런 것은 아니었다.

커피에 눈뜬 건 몇 년 되지 않았다. 요즘은 회사 앞 카페 구펠에서 롱블랙을 매일 한 잔씩 마시며 일상의 작은 행복을 맛본다.

나는 영화를 좋아한다. 열렬히 사랑한다. 중학교 때부터 할리우드 키드였다. 이 책을 비롯해 내가 쓴 글에는 수많은 영화 이야기가 등장한다. 이런 영화들은 실제로 내 삶에 엄청난 영향을 미쳤다. 〈아라비아의 로렌스〉, 〈인디아나 존스〉, 〈지옥의 묵시록〉, 〈잉글리쉬 페이션트〉, 〈넘버 3〉, 〈나의 왼발〉, 〈라스트 모히칸〉, 〈타인의 삶〉, 〈더 리더〉, 〈피아니스트〉, 〈쉰들러 리스트〉, 〈지구를 지켜라〉, 〈빅 피쉬〉, 〈데이비드 게일〉, 〈핵소 고지〉, 〈유주얼 서스펙트〉, 〈아름다운 세상을 위하여〉, 〈웰컴 투 동막골〉 같은 영화를 좋아한다. 〈스타워즈〉와 〈007〉 시리즈의 덕후이고, 〈매트릭스〉를 주제로 대학교 때 논문도 썼다. 요즘에는 마블과 DC의 히어로 영화들을 빼놓지 않고 따라가며 그 세계관 속을 유영하고 있다. 극장 F열의 가운데 자리에서 영화를 보는 것이 좋다. 캐러멜 팝콘은 필수다.

얼마 전 영화 〈바빌론〉에서 평론가 엘리너가 한물간 배우 잭 콘래드(브래드 피트)에게 말한 "먼 훗날 누군가 은막 위의 당신을 보게 된다면 당신은 다시 부활하는 거야. 천사와 유령들처럼 영원히 존재하는 거지."란 대사에서 울컥 눈물이 났다. 영화를 위시

한 예술의 가치는 이렇듯 영원히 남는 데 있는 것이 아닐까? 나는 아마도 영화와 관련된 일을 했어도 참 행복했을 것 같다.

대학 시절 나처럼 영화에 푹 빠진 두 친구가 있었다. 남자 셋이 늘 영화를 보러 다니며 종일 영화 얘기만 했는데 그때 그 친구들이 그립다. 오랜만에 두 친구에게 연락을 해봐야겠다.

산이 좋다. 그냥 좋다. 살아오면서 꺾이고 절망하고 나락에 떨어졌을 때 언제나 위로가 된 것은 산이었다. 삼각산도 좋고, 도봉산도 좋고, 수락산도 좋고, 지리산도 좋고, 설악산도 좋고, 한라산도 좋다. 오래 다니다 보니 전문 산악인이 되었고, 유럽 알프스와 미국 요세미티도 여러 번 다녀왔다. 추위, 더위, 고통과 배고픔을 참는 법을 배웠고 여러 가지 위험에 대처할 줄도 알게 되었다. 산속에서 비바크를 하고 침낭 속에서 새소리에 눈을 뜨는 아침은 정말 행복하다.

밤 10시가 넘어 차가운 공기를 들이쉬며 강변을 달리는 것이 좋다. 중간중간 온 힘을 다해 전력 질주를 한다. 허파와 심장이 터질 것 같은 그 순간이 좋다. 오십이 되어서도 전력으로 달릴 수 있음이 스스로 대견하다. 여든다섯에 마라톤 풀코스를 달린 할머니의 기사를 몇 해 전에 보았다. 나는 아흔에도 달리고 싶다.

사람들은 내 다리를 볼 때마다 놀란다. 여자처럼 날씬하다고.

가느다란 내 다리가 나는 좋다. 이 다리로 못 간 곳, 못 오른 곳이 없다. 온갖 종류의 운동과 레포츠를 즐기면서 뼈가 네 번 부러졌는데 모두 팔이었다. 다리는 한 번도 부러진 적이 없다. 앞으로도 이 다리로 많은 곳을 가고 많은 산을 오르고 싶다.

닭한마리가 좋다. 음식 얘기다. 나를 아는 사람들은 다 안다. 맘에 드는 사람이 생기면 꼭 단골집에 데려간다. 거의 매주 가다 보니 내가 그 집 아들인 줄 안다. 적어도 지분이 있는 줄 안다. 추운 날 후후 불어가며 뜨거운 닭다리에 부추와 다대기를 듬뿍 얹어서 뜯어 먹고 진한 국물을 들이켜면 추위는 남의 나라 얘기다. 한여름 복날에도 땀을 뻘뻘 흘리면서 먹으면 기운이 불끈 솟는다. 몇십 년 전부터 주머니 가벼운 산악인들이 비싸지 않게 속을 채우고 소주의 벗으로 삼던 닭한마리는 이제 나의 소울 푸드다.

동대문과 종로5가 사이 닭한마리 골목에 있는 가게를 다 가봤지만 나는 거성닭한마리가 제일 좋다. 그곳처럼 좁고 허름한 옛 골목을 걷는 것이 좋다. 일부러 옛 모습으로 꾸민 길이 아니라 사람 사는 모습 그대로 세월의 때와 지문이 매일매일 쌓이고 쌓여 풍경이 된 골목들. 서울엔 이제 이런 골목이 얼마 남지 않아 아쉽다.

책을 사랑한다. 많이 보지는 못한다. 그래도 많이 산다. 책을 사서 도장을 찍을 때가 좋다. 옛날에 혹자는 책을 베고 잤다고 했는데, 나는 책을 사서 도장을 찍으면 아직 한 자 읽지도 않았지만 그 책 안의 지혜를 훔쳐본 듯한 느낌이 든다. 서점이 좋다. 하루 종일 있어도 좋다. 시간 가는 줄 모른다. 동네 서점들이 갈수록 없어져 아쉬움이 크다. 작은 북카페나 도서관에서 시간의 압박 없이 책 보는 시간은 오롯이 내 소유다. 언젠간 이어령 선생처럼 나만의 서재를 가지고 싶다. 여건이 된다면 도서관을 만들어도 좋을 것이다.

세상의 모든 단어 중에 '엄마'라는 단어가 제일 좋다. 돌아가신 지 25년이 되었지만, 아직도 보고싶다. "아들~." 하고 나를 부르는 엄마의 목소리를 한 번만 더 들어보고 싶다. 엄마는 비행기를 한 번도 못 타보고 돌아가셨다. 둘이서 한 번만 여행을 가보았으면…. 지금도 그것이 아쉽다.

우리 큰고모의 밥이 세상에서 제일 맛있다. 엄마가 살아 계실 적에도 솔직히 큰고모 음식 솜씨가 더 좋았다. 암 수술을 하고 큰고모 댁에서 요양을 한 덕에 엄청 빨리 회복될 수 있었다. 주치의 김욱 교수가 "사람이 정말 좋은 것을 먹으면 똥에서 냄새가 안 나." 했을 때 믿지 않는데 고모 댁에서 요양할 동안 내 똥에선 정말 냄새가 나지 않았다.

나는 운전이 좋다. 2L 직분사 엔진이 달린 첫 차로 꼭 10년을 미친 듯이 돌아다녔다. 언젠가 성능 좋은 차를 갖게 된다면 시속 300km를 넘겨보고 싶은 욕망도 있다. 내 형편과 나이를 고려하면 못 해볼 확률이 높지만, 비행기 조종을 배우면 정말 짜릿할 것 같다. 〈탑건〉을 보면서 얼마나 열광했던가. 하긴 〈스타워즈〉 시리즈의 광팬으로 밀레니엄 팰콘과 X-wing에도 열광했으니 죽기 전에 우주선도 몰아보고 싶기는 하다.

시대에 구애받지 않는 아이코닉한 차가 좋다. 머스탱, 미니 쿠퍼, 랭글러처럼 역사와 스토리를 가지고 있는 차가 한 대씩 있었으면 좋겠다.

나는 런던과 샌프란시스코가 좋다. 10여 년 전 형과 동생과 배낭 여행을 갔을 때 예의 그 우중충한 영국 날씨 속에 보슬비를 맞으며 타워브리지를 건넜다. 그날의 분위기를 잊을 수 없다. 축 처지고 우울해 보이는 날씨에 메인 스트리트의 한 꺼풀 안쪽으로 들어갔더니 끓는 용광로 같은 역동적인 공기가 흐르더라. 런던은 양파 같았다. 샌프란시스코는 그냥 도시 생긴 게 좋다. 금문교와 전차, 오르막길 내리막길, 그 오르막길 내리막길에 다닥다닥 붙어 있는 예쁜 집들, 활기 넘치는 항구와 맛난 요리들, 그리고 결코 바쁘지 않은 사람들. 희한하게 정반대의 이미지를 가진 두 도시에 마음이 간다. 형편이 되어 외국에서 살 일이 생기면 이 두 도시였으면 좋겠다.

메시, 호나우지뉴의 플레이에 열광한다. 손흥민, 호날두, 웨인 루니 등 최고의 축구선수는 여럿 있지만 단지 잘 뛰고 골을 많이 넣는 차원이 아니라, 보는 이의 혼을 쏙 빼놓을 정도로 다른 차원의 플레이를 하는 선수다. 이들의 몸놀림은 사람이 아닌 것 같다. 다른 선수들의 플레이에 감탄할 때와 이들을 보고 흥분할 때 반응하는 뇌의 부위가 다를 것 같다. 예술이고 마법이다.

나한테 어울리는 모자가 좋다. 나처럼 얼굴이 크고 네모난 사람은 안다. 어울리는 모자 구하기가 얼마나 힘든지. 그래서 써보고 어울리면 무조건 산다.

롱코트를 좋아한다. 어린 시절 우리 집에는 아버지가 보시던 잡지 〈리더스 다이제스트〉가 빼곡히 꽂혀 있었다. 나도 즐겨 읽었다. 그 잡지의 뒤표지는 언제나 광고였는데 기억에 남는 광고 브랜드는 딱 두 가지, 볼보 자동차와 휴고 보스였다. 볼보는 그 유명한 7-UP 테스트(자동차 7대를 수직으로 쌓아놓은)였고 휴고 보스는 금발의 멋진 남자 다섯 명이 롱코트를 입고 걸어오는 사진이었다. 스포츠머리에 봉정을 시작한 질풍노도 중학생의 뇌리에 볼보 자동차와 롱코트에 대한 로망이 생겼다. 볼보는 타봤는데 생각해보니 휴고 보스 롱코트는 없다. 대신 다양한 브랜드의 롱코트가 여러 벌 있으니 됐다.

가방은 배낭이 디폴트다. 등산이나 여행을 갈 때뿐만 아니라, 출근길이나 정장을 입고 강의를 갈 때도 늘 배낭이다. 산악인의 배낭 집착 성향이다. 지금도 75L급 배낭에 30kg 짐을 꾸려넣고 몇날 며칠이고 걸을 수 있다. 등에 딱 맞는 배낭만 있으면 세상 못 갈 곳이 없다.

지하철에서 맞은편에 앉은 사람들을 관찰하며 나름의 추리를 즐긴다. 맞는지는 알 수 없지만. 어릴 때부터 대개의 남자아이처럼 셜록 홈스를 비롯해 다양한 추리소설을 탐독하면서 탐정의 삶을 동경했다. 그런데 그 셜록 홈스가 전형적인 소시오패스란 것을 어른이 되어서야 알았다.

비 오는 날이 좋다. 비 오는 풍경, 비 오는 소리, 비 오는 냄새도 좋다. 우울한 성격은 아니다.

담쟁이덩굴로 뒤덮인 붉은 벽돌 건물이 좋다. 언젠가 내 집을 그렇게 직접 짓고 싶다.

포스트 잇은 정말 명품이다. 책이나 기사를 읽다가 메모할 문장은 포스트 잇에 적어 책상머리에 붙여놓거나 독서 노트에 끼워넣는다. 내 가방엔 스무 가지 이상의 포스트 잇이 들어 있다.

책상 서랍엔 더 많다. 단 낭비가 심하다는 단점은 인정해야겠다.

누구나 죄책감을 느끼면서도 끊지 못하는 것이 하나쯤은 있을 것이다. 담배, 술, 심지어는 도박…. 나에겐 콜라다. 암 수술을 받고 회복하고 나서 의사에게 제일 먼저 물었던 것도 "콜라 언제 먹을 수 있습니까?"였다. 이제 나이도 있으니 줄여야겠다. 초코파이, 정확히는 오리온 초코파이는 나에게 최고의 주전부리다. 군대에서 나는 열 달 정도 연대 군종병으로 파견 근무를 했다. 연대 교회 창고 하나가 초코파이 박스로 꽉 차 있었다. 내가 상당량을 소비했음을 고백한다. 지금도 방송이나 강의가 끝나고 바닥난 에너지는 초코파이로 충전한다. 몽셸통통이나 오예스도 맛나지만 오리지널에 비할 바는 아니다. 과자 중에는 단연 맛동산이 최고다.

아기들이 좋다. 아기들의 웃음은 전 우주를 통틀어 가장 맑고 깨끗한 기운이다. 그 기운으로 나도 정화가 된다.

옳고 그름을 분별할 줄 아는 사람이 좋다. 그리고 무조건 옳은 사람, 착한 사람이 좋다. 손해를 보더라도 옳음을 지키는 사람이 제일 좋다.

말이 통하는 사람이 좋다. 스피치 전문가로서 나는 어떤 사람과도 원활한 대화가 가능하다. 하지만 '통한다'는 것은 다른 문제다. 경청의 자세가 되어야 하고 진정 공감할 줄 아는 사람이어야 한다.

노인의 지혜가 좋다. 젊음의 미숙함도 좋다. 삶의 단계에 걸맞은 멋이 있는 것 같다.

지금 여기 나의 존재 자체가 좋다. 50년을 살아오면서 크고 작은 성취와 크고 작은 실패를 맛보았고, 많은 사람을 만났으며, 죽음의 위기도 여러 차례 넘겼다. 삶이 언제까지 이어질지는 알 수 없지만, 하루하루 한 발 한 발 걸어가고 있는 내가 좋다.

맞다. 피천득 선생의 〈나의 사랑하는 생활〉의 짝퉁이다. 있어 보이는 말로 오마주라고 할까? 중학교 때로 기억한다. 국어 교과서에 실린 선생의 수필을 배우면서 '이렇게 자기가 좋아하는 것만 써도 문학이 되는구나!' 신기해했다. 요즘 말로 메타인지의 시작이 아닌가. 그리고 잔잔하고 따뜻한 그 수필이 참 좋았다.

그때부터 이렇게 써보고 싶었다. 오십이 되어서야 '내가 이런 것들을 좋아했구나!' 생각해본다. 나 자신을 들여다볼 수 있어 좋았고 40년 전 까까머리 중학생으로 잠시 돌아갈 수 있어 또 좋았다. 20년 뒤에 칠십이 되면 나의 사랑하는 생활에 대해 다시 써볼 것이다.

내가 읽은 수필 중 가장 기억에 남는 두 편이 〈나의 사랑하는 생활〉과 〈인연〉이다. 아침에 태어난 아사꼬朝子가 나오는 〈인연〉의 마지막 '세 번째는 아니 만났어야 좋았을 것이다.' 하는 문장에서 너무나 먹먹했던 기억이 있다. 〈인연〉을 다시 찾아 읽었다. 40년 가까이 시간이 흘렀지만 지금 봐도 그 구절은 먹먹하다.

이러다 우리 다 죽어

~~~~~~

"이러다 우리 다 죽어! 100년 뒤에!"

그렇구나! 그래서 사람들이 이렇게 느긋하구나! 100년, 200년이 감이 오나? 어차피 그때까지 살지도 못하는데. 1년 뒤에 소행성이 지구에 충돌해 다 죽는다고 하면 호들갑을 떨면서 뭐든 대책이라도 마련하지만 그게 아니다. 게다가 〈아마겟돈〉, 〈딥 임팩트〉, 〈돈 룩 업〉처럼 이 문제는 소행성 충돌이나 핵전쟁같이 전격적인 위기도 아니다. 뭔가 빵 터지는 게 아니라 눈에 보이지도 않고 느끼지도 못할 정도로 천천히 진행되고 있으니 긴박할 게 없다. 냄비 속에 개구리를 넣고 천천히, 아주 천천히 끓이는 것처럼.

10년 전, 5년 전에 비해선 인식이 많이 달라지긴 했다. 온난화, 기후 위기, 환경 파괴, 플라스틱, 쓰레기 문제에 대해서 모르는 사람은 없다. 유치원생들도 안다. 그런데 주변을 둘러보면 한심하다. 분통이 터진다.

쓰레기 통엔 일회용 플라스틱 컵이 넘쳐나고, 아파트 분리수거장엔 쓰레기가 산처럼 쌓인다. 단지 기분을 풀려고 옷을 사고, 신발을 사고, 가방을 산다. 냉장고에 넣어놨다 조리도 못해보고 버리는 식재료는 또 얼마나 많은지. 바닷가 해변과 갯바위를 뒤덮은 쓰레기들에 도시인들은 관심조차 없다.

그러는 사이 느리지만 확실하게 종말이 다가오고 있다. 이제는 가속이 붙어서 느리지도 않다. 이미 지구엔 다섯 번의 대멸종이 있었다. 다섯 번이나 지구상의 거의 모든 생물이 사라졌다고! 그런데 곧 여섯 번째 대멸종이 온다고 한다. 그것도 100년 안에 현생 인류, 그러니까 우리가 멸종할 거라고 경고하는 과학자가 한둘이 아니다.

미국 국립과학원 회보에는 "현재 지구에서는 여섯 번째 대멸종이 진행 중이다. 육지에 사는 척추동물 500종 이상이 멸종 직전에 이르렀다."는 경고가 실렸고, 과학 전문 저널리스트 피터 브래넌은 "끝없는 욕망만으로 인류는 이미 여섯 번째 대멸종을 향한 급행열차의 티켓을 뽑아 들었다."라고 했다. 스테파니 피어스 하버드대학교 진화생물학과 교수는 "급격한 기후 변화의 근본

적인 원인을 제거하지 않는 이상 인류가 6차 대멸종 대상이 될 것이다."라고 말했고, 영국 주간지 〈이코노미스트〉는 "인류가 기후 변화에 맞선 전쟁에서 패배하고 있다."는 비관적인 전망까지 내놓았다.

"지난 다섯 차례의 대멸종을 보면 그 당시 최고 포식자는 반드시 멸종했다. 또 생물량이 가장 많은 생명도 반드시 멸종했다. 인간은 최고 포식자이면서 지구에서 생물량이 가장 많다. 우리는 여섯 번째 대멸종을 피할 수 없다." 이정모 전 국립과천과학관장의 말이다. 최재천 교수 역시 "이번 세기가 가기 전에 인류가 멸망한다고 해도 놀라지 않을 것이다."는 경고와 함께 OECD에서 제일 위험한 나라가 바로 한국이라는 분석도 내놓았다.

영화 동호인들 사이에 통하는 '오지망'이란 말이 있다. '오늘도 지구는 망했다.'의 준말이다. 지구가 망하는 영화가 좀 많은가. 오지망 영화 중에 장준환 감독의 2003년 작 〈지구를 지켜라〉는 한국 영화사에 길이 남을 천재적인 작품이었다. CJ홈쇼핑 영화동호회가 단체로 코엑스 메가박스에서 봤는데 영화가 끝난 뒤한참 동안 기립박수를 보냈던 기억이 난다.

영화에서 지구는 외계인의 광선 공격으로 한 방에 망했다. 이렇게 외계인의 침략으로 망하거나, 〈터미네이터〉의 핵전쟁이나

AI, 〈딥 임팩트〉처럼 소행성이나 혜성 충돌, 〈월드 워 Z〉의 좀비 바이러스 같은 원인으로 지구가 망할 거라 상상했다.

그런데 현실은 〈인터스텔라〉나 〈핀치〉처럼 되어가고 있다. 안토니우 구테흐스 유엔 사무총장은 2022년 여름 "인류가 집단자살에 직면해 있다."라고 말했다. 지금 우리는 "다같이 죽자!" 하고 달려가고 있는 상황인 것이다.

"이러다 우리 다 죽어!"

지금도 벌써 그 재앙의 전주곡 때문에 죽는 사람들이 부지기수다. 홍수, 산사태, 폭염, 강추위, 가뭄, 전염병은 점점 더 자주, 점점 더 강하게 우리를 강타하고 있다. 작년 여름 미국 텍사스주의 기온은 45도까지 올라갔다. 스페인도 45도의 폭염으로 일주일 만에 360명이 희생되었다. 인도는 더했다. 50도까지 올라갔다. 하와이에서는 역대 최악의 산불로 100명이 넘는 사람들이 목숨을 잃었다. 5개월 넘게 타오른 호주 산불에 10억이 넘는 야생동물이 희생되기도 했다.

투발루, 몰디브, 마셜제도, 키리바시 같은 많은 나라가 해수면 상승으로 수십 년 안에 사라질 것이라 한다. 이탈리아 베네치아도 마찬가지 신세다. 알프스의 스키장들이 폭염으로 줄줄이 문을 닫았다는 건 뉴스거리도 안 될 정도다.

남의 나라 이야기가 아니다. 해수면이 올라가면 우리나라 서해안도 대부분 사라진다. 작년 여름 청주에선 폭우로 지하 도로에 물이 쏟아져 들어와 순식간에 열네 명이 사망했다. 50년 뒤 부산에서는 겨울이 사라진다고 한다. 30년도 안 지난 군대 시절, 강원도 양구 백석산에는 1년의 반 가까이 눈이 쏟아졌다. 그런데 지금은 빙벽을 등반할 수 있는 기간이 매년 짧아지고 있다.

몇 년에 한 번씩 치명적인 전염병이 지구를 휩쓴다. 사회 경제학자 제레미 리프킨은 팬데믹의 원인 중 기후 위기도 중대한 역할을 했다고 말한다. 야생 동물들이 기후 재난을 피하기 위해 인간의 영역 가까이 다가왔고 바이러스도 함께 들어왔다는 것이다. 사스, 메르스, 에볼라, 지카, 코로나19까지 공통된 감염 경로를 보여준다.

러시아 시베리아의 야쿠티야는 영하 50도까지 떨어지는 곳인데 몇 년 전부터 여름에 기온이 40도까지 오르며 동토층이 점점 녹고 있다. 수만 년 동안 얼었던 곳이 녹으며 빙하기 때 멸종된 매머드 같은 동물의 사체가 드러나고 있는데, 고대 바이러스들도 함께 깨어나고 있다고 한다. 순록을 감염시킨 탄저균이 유목

민에게 옮겨 가서 벌써 사망자도 나왔다.

이 모든 '현상'의 직접적인 원인은 그 유명한 '지구 온난화'다. 주범은 그 유명한 '온실가스'다. 온실가스는 우주로 나가려는 열을 못 나가게 잡고 있다. 1초에 히로시마 원자폭탄 다섯 개가 터지는 것만큼의 에너지를 못 나가게 잡고 있다. 1998년 교토의정서 이후 지금까지 원자폭탄 30억 개 분의 에너지가 지구에 잡혀 있다.

이제는 누구나 한 번쯤 들어봤을 것이다. 'IPCC(기후 변화에 관한 정부 간 협의체)', 'NDC(국가 온실가스 감축 목표)' 같은 말들은 어려우니까 '1.5도'만 기억하자. "지구 기온이 산업화 이전보다 이만큼 더 올라가서는 안 된다!" 하고 전 세계 국가가 합의해 2015년 파리기후협정에서 정한 마지노선이다. 1.5도까지는 인간의 노력으로 어떻게든 회복이 가능하지만, 2도가 올라버리면 그 이후로는 가속이 붙어 급격하게 뜨거워지고, 자연적으로는 열을 식힐 수 없는 상황이 온다. 말 그대로 파국인 것.

그래서 1.5도는 티핑 포인트, 2도는 임계점이라 본다. 어떻게든 1.5도 이내로 저지해야 우리가 죽지 않는다. 그런데 벌써 1.2도 정도 오른 상태다. 1만 년 동안 4도 올랐는데 100년 만에 1.2도가 올라버렸다. 1만 년에 4도 오른 속도를 시속 100km

라고 하면 100년 만에 1.2도는 시속 2,500km의 속도다. 6,600만 년 전 공룡을 멸종시킨 소행성 충돌로 발생한 이산화탄소가 600~1,000기가톤인데, 지난 20년간 인간이 방출한 이산화탄소가 600기가톤이다. 인간이 지구를 말아먹는 속도가 얼마나 빠른지 감이 오는가?

온도가 상승할수록 홍수, 가뭄, 산불, 폭설, 폭염 등 극단적인 날씨가 잦아진다. 홍수만 해도 1.5도 올라가면 두 배 늘어나는데, 2도면 2.7배, 4도면 6.8배 급증한다. 세계 식량 생산은 4분의 1 이상 감소해 식량 투쟁과 전쟁이 빈번히 일어날 것이다. 그 모든 과정에서 인간종의 개체수는 급격하게 줄어들 것이다.

2021년 IPCC 6차 종합보고서에 따르면 2030년 전에 1.5도 상승은 확실하고, 2075년까지 4도 이상 오를 전망이라고 한다. 그 전에 지구는 거주 불능 행성이 될 것이다. 우리는 우리 집에 불을 지르는 미친 집주인이다. 다주택자도 아니면서. 환경학자 도넬라 메도즈는 "지구는 암에 걸렸고, 이 암 덩어리는 인간이다."라고 한탄했다.

지금은 홀로세Holocene다. 충적세沖積世라고도 하며 약 1만 2,000년 전 빙하기가 끝나고 인류 문명이 시작된 시점부터 현재까지를 지칭한다. 그런데 대충 20세기 중반, 정확하게는 첫 핵실

험이 있었던 1945년부터, 다시 말하면 방사능, 이산화탄소 등의 온실가스, 플라스틱, 콘크리트로 인류가 지구 환경에 큰 영향을 미친 시점부터를 인류세Anthropocene로 구분하자는 주장이 강하게 대두되고 있다. 인류세는 단순한 지질 시대의 구분이 아니라 인류의 활동으로 지구가 망가지게 된 현 상황에 대한 반성적 명칭인 것이다.

4억 5,000만 년 전, 3억 7,000만 년 전, 2억 5,000만 년 전, 2억 년 전, 6,600만 년 전, 다섯 번의 대멸종을 통해 최대 96%의 생물이 멸종했다. 그때마다 원인은 화산이나 소행성 충돌 같은 자연적인 것이었다. 그런데 닥쳐오는 여섯 번째 대멸종은 100% 인간이라는 단일 생물종의 잘못에서 기인한다.

1만 년 전 지구상의 생물은 99.9%가 야생 동물, 0.1%가 인간과 가축이었다. 지금은 3%가 야생 동물, 97%가 인간(32%)과 가축(65%)이다. 육지의 95%는 인간을 위한 땅이고 5%만 야생 동물이 산다. 화산은 연 2억 톤의 온실가스를 배출하는데 인간종은 370억 톤을 뿜어내고 있다. 환경운동가 웬델 베리는 "우리는 지표면 아래의 자원을 고갈시키고 지구의 껍질을 아프게 벗겨냈다. 많은 동물을 멸종시켰다. 폐수와 쓰레기로 하천을 질식시키고 토지에 비축된 영양분을 빼앗고 드넓은 땅을 헐벗게 만들었다."라고 탄식했다.

대멸종을 목전에 두고 우리는 무엇을 해야 할까? 〈인터스텔라〉에서처럼 지구를 포기하고 새로운 행성을 찾아가야 할까? 고 스티븐 호킹 박사는 "극심한 환경 오염으로 인간은 지구에 더 이상 살 수 없게 될 것이다. 길게는 100년, 짧게는 30년 안에 지구를 떠나야 한다."라고 예언했다. 일론 머스크가 화성 개발에 집착하는 이유도 그것이다. 하지만 최재천 교수는 "지구의 환경 문제는 우주의 어딘가를 개발해서 해결될 문제가 아니다."라고 단언한다. 아직 화성에 사람도 못 보내는데 아무것도 없는, 심지어 호흡할 공기도 없는 다른 행성으로 인간종이 이주할 수 있을까?

나는 당장 중학생인 내 딸이 제일 걱정이다.

"펀하고, 쿨하고, 섹시하게!"

일본의 환경대신 고이즈미 신지로가 유엔 기후환경정상회의에서 기후 변화 문제에 대처하는 방법이라고 뱉은 말이다. 그때부터 '펀쿨섹좌'라 불린다. 지구가 망하게 생겼는데 별 병신 같은 소리를 다 지껄인다(장애인 비하하는 거 아니다). 〈돈 룩 업〉의 미국 대통령을 현실에서 보고 있는 것 같다.

지금 당장 제일 먼저 행동에 나서야 하는 사람들이 세계 각국의 지도자들인데, 병신 같은 지도자들이 너무 많다. 트럼프는 트

위터에 "뉴욕이 꽁꽁 얼어붙었다. 지구 온난화는 도대체 어디 있느냐?"라는 글을 올렸다. 기후 변화를 사기, 허구로 규정하고, 온난화에 대한 대응이 미국 경제에 악영향을 미친다고 주장하며 2020년 파리기후협약에서 탈퇴해버렸다. 심지어는 화석 연료 사용을 더 확대하겠다는 미친 소리까지 지껄였다. 이런 무식하고 포악한 자가 세계 최강대국 지도자였다는 건 신이 인간을 버렸기 때문이 아닐까 싶을 정도였다.

우리나라는 다른가? 대통령은 'RE100'이 뭔지, '아나바다'가 무슨 뜻인지도 모르는데. 정부는 '탄소중립녹색성장 기본계획', '자원효율등급제', '공공책임수거제 강화', '일회용품 감량' 등 뜬구름 잡는 추상적인 이야기만 늘어놓고 있다. 어떤 행동도 하지 않으면서 말이다.

우리나라 NDC(국가 온실가스 감축 목표)는 2030년까지 2018년 대비 온실가스 배출량을 40% 감축하겠다는 것이다. 그런데 이 정부는 대부분의 감축량을 무책임하게 다음 정부로 미루고 손을 놓고 있다. RE100은 대놓고 무시하니 수출 기업들은 죽을 지경일 것이다. 재생 에너지 단가를 낮추기 위해 기술 개발을 해야 하는데 R&D 예산은 삭감하고, 그러면서 석탄화력발전소를 더 건설하고 있다. 2023년 기준 기후변화대응지수^{CCPI}에서 대한민국은 사실상 세계 꼴등이다.

　오히려 움직임은 시민 사회에서 뜨겁다. 영화에서도 익히 보았듯이 기득권층, 가진 자들은 아무리 위기가 닥쳐도 자기들만의 피난처를 마련한다. 제일 먼저 당하는 것은 언제나 가난한 이들이다. 잘사는 선진국들이 망쳐놓은 기후 위기의 피해를 개발도상국가와 후진국들이 제일 먼저 보는 것처럼 역설적이다. 〈택배기사〉에서는 지하도시로, 〈2012〉에서는 방주를 타고, 〈돈 룩업〉에서는 다른 행성으로 이주하는 사람들은 모두 기득권층이다. 지금도 가진 자들은 지구가 망해도 돈으로 살 길을 찾을 수 있을 것이라 믿고 있을지도 모른다. 시민 사회가 절박한, 절박해야만 하는 이유다.

　한 청소년 기후활동가가 말했다. "저는 그날 태풍 하나로 우리의 시스템이 무너지는 모습을 보았습니다. 안전하다고 믿었던, 제가 살아가는 곳은 전혀 안전하지 않았습니다. 기후 위기 속에서 무너질 것이 너무나도 당연해 보였습니다. 저는 돈도 없고, 사회적 권력도 없고, 특별한 능력도 없는 너무 평범한 사람이기에 기후 위기가 다가온다면 가장 먼저 쓸려갈 사람 중의 하나입니다. 기후 위기는 평범한 모두가 약자가 되는 위기입니다. 우리는 누군가의 '미래'도 '희망'도 아닙니다. 기후 변화의 당사자이기에 사회구조적 변화, 정치와 정부의 변화를 외치고 있습니다."

환경운동의 아이콘 그레타 툰베리는 중학교 때 "인류의 미래 자체가 위태로워졌는데 학교에 가고 공부하는 것이 무슨 의미인가?" 하며 매주 하루씩 등교 거부 운동을 시작했다. 유엔 총회에서 "당신들은 자녀를 가장 사랑한다 말하지만, 기후 변화에 적극적으로 대처하지 않는 모습으로 자녀들의 미래를 훔치고 있다."라고 일갈하며 환경운동의 최전선에 나섰다.

그렇다. 우리 아이들은 본인의 의사와 상관없이 결정된 미래를 살아야 하는 세대가 아닌가? 자신들의 세대에 멸종을 앞두고 있는. 유럽에선 '멸종 저항extinction rebellion' 운동이 거세어졌다. 국내에선 '쓰레기 덕질' 같은 환경단체들이 국민들의 인식을 바꾸고, 기업과 정부의 정책을 바꾸기 위해 고군분투하고 있다. 일회용 컵, 테이크아웃 컵, 플라스틱 쓰레기, 음식물 쓰레기 줄이기 운동을 통해 실제로 스팸 뚜껑, 우유팩 빨대 제거 등의 성과를 거두었다.

나는 적극적이거나 급진적인 환경운동가가 아니다. 하지만 아이를 키우면서, 나이를 먹으면서 가속되는 위기를 체감하고 두려움을 느꼈다. 관심이 있거나 없거나, 적극적이거나 소극적이거나 상관없이 종말은 모두에게 닥쳐오고 있다. 내 생전엔 안 올지 모르나 내 딸에게는 현실이 될지도 모른다. 내 딸의 미래는 혹독하게 춥고, 불타듯 뜨겁고, 홍수와 지진이 수시로 위협하며, 굶주림이 일상이 될지도 모른다. 한 번이라도 더 말하고 더 써야 한다는 절박한 의무감을 갖게 되었다.

내가 이런 얘기를 하면 어느 생각 없는 후배는 "아! 우리 선배님, 또 심각한 얘기하신다~." 하면서 자리를 뜬다. 저도 딸 키우는 엄마면서. "호들갑 떤다.", "오버한다."는 사람도 많다. "심각하지… 근데 먹고사는 게…" 하는 건 양반이다. 자기가 서서히 죽어가고 있는 것을 모른다. 모두가, 전 인류가 총력전을 펴도 막을까 말까 한데. 그래, 들을 귀 있는 자는 듣고, 지각 있는 자들이 먼저 행동하는 수밖에.

다시 그 유명한 '온실가스' 이야기로 돌아가 보자. 온실가스 이야기는 보통사람에겐 뜬구름 같다. 우리 같은 보통사람들과 온실가스는 기껏해야 내연기관 자동차 정도만이 관련이 있어 보인다. 온실가스는 주로 공장이나 화력발전소 같은 데서 많이 나오니까. 그런데 기후 위기는 보통사람들의 삶 모든 면과 연결되어 있고, 우리의 활동 하나하나가 온실가스를 배출한다는 사실을 반드시 알아야 한다.

플라스틱도 온실가스와 연결되어 있다. 일회용 젓가락도 온실가스와 연결되어 있다. 우리 집 냉장고에 있는 쇠고기 등심도 온실가스와 연결되어 있다. 어제 먹은 참치캔도 온실가스와 연결되어 있다. 내가 입고 있는 맨투맨 티셔츠도 온실가스와 연결되어 있다. 내가 신고 있는 운동화도 온실가스와 연결되어 있다. 우리 집 에어컨도 온실가스와 연결되어 있다. 내연기관 자동차뿐만 아니라 전기차도 온실가스와 연결되어 있다. 무엇이든 만드는 데서는 온실가스가 나온다. 옮기는 데도 온실가스가 나온다. 쓰고 버리고 썩는 데서도 온실가스가 나온다.

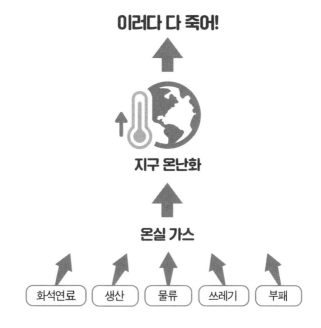

몇 가지만 이야기해보자.

● 옷

옷장 문을 열고 오늘은 뭘 입고 나갈까 고민하는 모습은 거의 모든 가정의 아침 풍경일 것이다(스티브 잡스랑 마크 저커버그는 안 그러겠지만). 사회생활을 하는 젊은 사람일수록 옷으로 자기 표현을 하고픈 욕구가 강하다. 하긴 요즘은 시니어들도 패션 감각이 장난 아니다.

그런데 옷을 매번 사도 옷장을 보면 입을 옷이 없다. 그런가 하면 한 번도 안 입은 옷도 가득하다. 젊을 땐 돈 들어오면 백화점이나 쇼핑몰 둘러보면서 옷 몇 벌 사는 것이 큰 즐거움이었다. 기분이 별로일 때도 새 옷을 입으면 풀릴 때가 많았다. SNS 때문에 다양한 스타일이 필요하기도 하다. 나이가 오십을 넘어서면서 이젠 패션에 관심이 많이 식었지만 방송일을 하다 보니 신경을 안 쓸 순 없다.

새 옷을 사는 일이 젊을 때보다 훨씬 줄기는 했다. 이제는 내 옷보다 딸아이 옷을 사는 것이 즐겁다. 요즘은 자라, H&M, 지오다노, 탑텐, 스파오 같은 패스트 패션(SPA 브랜드) 옷값이 어쩜 그리 싼지 신기하기까지 하다. 세 식구가 매장 한 번 가서 열 벌 가까이 사는 건 일도 아니다.

그런데 옷을 살 때마다 지구는 더워지고 더러워진다는 것을 알았다. 내 옷들이 지구를 아프게 한다. 옷을 사는 것이 조심스러워졌다. **아니, 옷 입을 때까지 이런 걸 신경 써야 해? 스트레스 받아서 살겠냐구?**

응, 신경 써야 해. 그래야 살아. 너도, 나도, 지구도.

지구에서 한 해 1,000억 벌 이상의 옷이 만들어지고, 버려지는 옷이 330억 벌이라고 한다. 상상도 안 되는 양이다. 우리나라에서만 1년에 8만 톤의 의류 폐기물이 나온다. 전 세계에서 1년에 나오는 섬유 쓰레기는 9,200만 톤이다. 1초당 트럭 한 대 분량의 쓰레기가 버려진다.

의류 업체에서는 판매되지도 않은 새 옷을 폐기 처분한다. 브랜드 희소성 유지를 위해 버려지는 새 옷이 약 30%란다. 버버리한 브랜드에서만 한 해 400억 원어치가 넘는 재고를 소각했다. 소비자가 사서 한 번도 입지 않고 버려지는 옷도 12%나 된다고 한다.

전 세계 온실가스 배출량의 4~10%, 수질 오염의 20%가 섬유 및 패션 산업에서 비롯된다. 옷 쓰레기가 썩으며 나오는 온실가스는 자동차 730만 대 분량에 달한다. 전체 산업에 소모되는 물

소비의 20%가 패션 산업에서 사용된다. 주로 염색 시 쓰이는데, 흰 면 티셔츠 한 벌 만드는 데 2,700L의 물이 필요하다. 한 명이 3년 동안 마실 양이다. 청바지는 한 벌에 9,000L다. 상상도 하지 못했다.

나일론, 레이온, 폴리에스테르, 폴리우레탄, 아크릴 같은 화학 섬유는 자연분해되지 않는다. 잘게 쪼개져 미세 플라스틱이 된다. 바다 미세 플라스틱의 35%가 의류 세탁할 때 떨어져 나온 것이란다. 면, 모, 실크 같은 동식물성 원단이라고 환경에 무해한 것은 아니다. 무엇이든 만드는 데는 자원이 소모되고, 온실가스가 발생한다. 제조, 물류, 판매, 소비, 폐기로 이어지는 모든 과정에서 어마어마한 온실가스가 나온다.

유행에 따라 빨리 만들고 싸게 사서 입다가 쉽게 버리는 패스트 패션은 패션의 패러다임을 바꾸어놓았다. 3만 원짜리 롱코트도 있고 4만 원짜리 패딩도 있다. 고민 없이 참 많이 산다. 한 번 입고 처박아놓은 옷들이 얼마나 많은가? 패션은 기후 위기의 주범 중 하나가 되었다.

원로 배우 제인 폰다는 시상식에 수년 전 입었던 드레스를 입고 등장해 경종을 울렸다. 환경을 위해 더 이상 옷을 사지 않는다고 선언했다. 나는 이소연 작가의 『옷을 사지 않기로 했습니다』를 읽고서 옷에 대해 많은 생각을 하게 되었다.

가끔 TV에 집을 쓰레기로 채워놓고 사는 사람들이 나온다. 일종의 정신병이다. 자기 집에 쓰레기를 버리는 사람은 없다. 지구는 우리 집이다. 우리 아버지, 할아버지, 조상 대대로 살아왔고 내 딸, 손자, 자손 대대로 물려줄 집이다.

● 고기

하루라도 고기를 먹지 않는 날이 있을까? 채식주의자가 아닌 이상. 어제도 세 식구가 돼지갈비집에 가서 배를 두드리며 먹고 왔다. 중학생 딸은 고기 킬러다. 나도 고기 먹는 즐거움을 포기하진 못하겠다. 그런데 축산업이 지구와 환경에 미치는 해악을 알면 생각이 많아진다. **아니, 고기 먹을 때까지 이런 걸 신경 써야 해? 스트레스 받아서 살겠냐구?**

응, 신경 써야 해. 그래야 살아. 너도, 나도, 우리 애들도, 그리고 지구도.

현재 지구상에는 닭 600억 마리, 소 13억 마리, 돼지와 양 각각 10억 마리가 사육되고 있다. 지난 50년간 육류 생산량은 세 배 증가했고 도살되는 가축도 세 배 늘었다. 우리는 전체 곡물의 절반인 10억 톤을 사료로 사용해 1억 톤의 고기와 3억 톤의 가축

분뇨를 얻는다. 2050년엔 가축의 수가 현재보다 70% 이상 늘어날 것이라는 예측도 있다. 문제는 여기서 나오는 온실가스다.

가축이 배출하는 온실가스는 전체 온실가스의 14%에 달하는데, 전 세계 자동차가 배출하는 수치와 비슷하다. 축산업에서는 이산화탄소보다 메탄가스가 더 많이 나온다. 메탄은 온실 효과가 이산화탄소의 28배나 되는 정말 악독한 온실가스다. 가축의 소화 과정에서 메탄가스가 대량 발생하는데 말 그대로 소의 방귀 때문에 지구가 망하게 생겼다. 축산을 위해 숲을 태우면 이산화탄소가 대량으로 발생한다. 농장에서 사용하는 연료, 운송, 냉장, 포장 과정에서도 각종 온실가스가 끊임없이 나온다.

인간이 사용하는 물의 30%가 육류 생산에 쓰인다는 통계도 있다. 브라이언 케이트먼은『고기는 절반만 먹겠습니다』에서 "인간의 먹이가 되기 위해 길러지는 가축의 사육 과정과 유통, 소비 과정에서 환경의 파괴가 너무나 심각하다."라고 한탄했다. 육류 소비를 절반으로 줄인다면 곡물 생산량은 40% 가까이 늘어날 수 있다. 세계 빈곤 퇴치와 식량 위기에 더 효과적으로 대응할 수 있는 것이다.

수산물도 마찬가지다. 연어 1kg을 얻기 위해 사료로 작은 물고기 15kg이 필요하다. 바다에서 잡히는 물고기의 3분의 1이 양식장 물고기의 먹이로 사용된다고 한다.

음식물 쓰레기를 줄이는 노력도 필수다. 음식물 쓰레기는 부패 과정에서 대량의 메탄가스를 뿜어낸다. 우리나라는 한 사람이 1년에 음식물 쓰레기 130㎏을 배출하는데, 미국(119㎏)이나 유럽(95㎏)보다 월등히 많은 양이다. 우리 집은 훨씬 많을 것 같은데 대폭 줄여야겠다.

● 플라스틱

지금 나는 플라스틱 옷을 입고, 플라스틱 신발을 신고, 플라스틱 가방을 메고, 플라스틱에 든 밥, 간식, 음료를 플라스틱 숟가락과 플라스틱 빨대로 먹고 있으며, 플라스틱 의자에 앉아 플라스틱 펜으로 글을 쓰고 있다. 안경도 플라스틱, 노트북도 플라스틱, 마우스도 플라스틱이다. 플라스틱 없이 살 수 있을까? 플라스틱 없는 세상? 불가능할 것 같다.

150년 전 처음 탄생한 이후 플라스틱은 원하는 모양으로 만들기 쉽고, 원가도 싸서 하늘이 내린 선물 같았다. 하늘이 내린 선물에 인간은 자제할 줄 모르고 중독돼버려서 이제는 재앙의 물질이 되었다. 기후 위기에 가장 큰 원인을 제공한 원흉 중의 하나이기 때문이다.

플라스틱은 제조에서 사용, 처리, 폐기까지 어마어마한 온실가스를 방출한다. 플라스틱 산업이 석탄 공장보다 더 많은 온실가스를 배출하기 때문에 플라스틱을 '새로운 석탄'이라고까지 부르는 것이다. 화석 연료의 10%는 플라스틱을 만드는 데 사용된다. 만들고 쓰는 것은 너무 편한데, 당최 죽지도 않는다. 독일 저널리스트 알렉산더 폰 쇤부르크는 "좀비보다 질긴 것들을 어떻게 처리할까?"라고 표현했다.

1950년대 플라스틱 양산이 시작된 이래 2015년까지 83억 톤 이상의 플라스틱 폐기물이 발생했다. 상상도 안 되는 양이다. OECD는 세계 플라스틱 폐기물이 2060년에는 2019년 대비 세 배, 온실가스의 양은 두 배 이상 증가할 것이라고 전망했다.

우리나라 플라스틱 쓰레기 배출량은 세계 3위인데, 재활용 플라스틱 사용 비중은 0.2%에 불과하다. 전 세계 평균 6%에 비해 초라한 수준이다. 일상적으로 사용되는 컵, 비닐, 포장재 같은 불필요하고 대체 가능한 일회용 플라스틱이 우리나라 전체 플라스틱 쓰레기의 40% 이상을 차지한다. 그런데 우리나라는 '일회용 플라스틱'에 대한 법적 정의도, 별도의 규제도 없다.

이렇게 좀비 같은 플라스틱 쓰레기들이 바다로 흘러가면서 문제는 더 심각해진다. 바다는 수많은 경이로운 생명체들의 집이다. 에메랄드 빛 바다에서 열대어와 헤엄치는 휴가는 모두의 로망이 아닌가? 나도 몰디브에서 고래상어와 유영했던 환상적인 경험을 잊을 수가 없다. 그런 바다가 비극의 무대로 변하고 있다.

콧구멍에 플라스틱 빨대가 끼어서 고통받는 바다사자와 바다거북, 주둥이에 비닐봉지가 걸려서 울부짖던 돌고래, 배 속에서 수백 개의 플라스틱 조각이 나온 바다새를 보았을 것이다. 우리나라 바다제비 사체 99.3%에서 플라스틱이 검출됐다는 기록도 있다.

이미 전 세계 바다에는 남한 크기의 열다섯 배나 되는 쓰레기섬이 다섯 개나 존재한다. 1년에 플라스틱 쓰레기 1,000만~2,000만 톤이 바다로 흘러간다. 그중 건져서 재활용되는 것은 겨우 9%에 불과하다. 2014년에 바다 전체 생명체와 플라스틱 쓰레기의 비율은 5:1이었는데, 2050년엔 1:1이 될 거란다.

정말 심각한 것은 그런 플라스틱 쓰레기들이 쪼개지고 또 쪼개져서 눈에 안 보일 정도로 작아진 미세 플라스틱이다. 햇살 잘 드는 거실에서 옷을 털면 먼지들이 뽀얗게 날린다. 우리가 먼지라고 생각하는 섬유 조각들 중 상당수는 미세 플라스틱이다. 우리 옷 대부분은 플라스틱 원단으로 만들기 때문이다. 미세 플라스틱은 앞에서도 봤듯이 세탁 과정에서도 만들어진다. 하지만 거의 대부분은 바다에서 만들어진다.

미세 플라스틱을 처음 발견한 영국 플리머스대학교 해양학과 리처드 톰슨 교수는 아주 작은 새우같이 생긴 '단각류'가 비닐봉지 1개를 씹어서 175만 개로 조각낼 수 있다는 것을 알아냈다. 갯지렁이도 플라스틱이나 스티로폼을 잘게 부순다. 파도에 휩쓸리고 바위에 부딪히면서도 깨지고 쪼개져 미세해진다. 그렇게 작아진 조각을 플랑크톤이 먹고, 그 플랑크톤을 작은 물고기가 잡아먹고, 그 작은 물고기를 큰 물고기가 잡아먹고, 그 큰 물고기를 인간이 잡아먹으면 먹이 사슬을 타고 우리 몸까지 올라오는 것이다.

미세 플라스틱은 얼마나 작고 가벼운지 심지어 바람을 타고 날아다니기도 한다. 히말라야 8,000m 고산의 만년설에서도 미세 플라스틱이 발견됐다. 산악인으로서 꿈에도 생각하지 못한 일이다. 사람과 접촉이 없는 곳의 야생 동물 배설물에서도, 내리는 빗물 속에서도 발견된다.

우리가 먹는 가리비 1g당 한 개, 홍합 0.84개, 젓갈 6.6개, 티백에는 4.6개의 미세 플라스틱이 들어 있고, 천일염에서도 검출된다. 세계자연기금WWF의 발표에 따르면 성인 기준으로 일주일에 신용카드 한 장만큼의 미세 플라스틱을 삼키고 있다고 한다. 판매되는 생수병 안에서도 발견되고, 아기들의 플라스틱 분유병에도 존재한다. 분유를 먹을 때 아기들 몸속으로 들어갈 수 있다는 의미다. 이미 인간의 뇌, 혈액, 모유와 고환에서도 발견된다고 하니 정말 심각한 문제다.

미세 플라스틱은 크기에 따라 마이크로 플라스틱과 나노 플라스틱으로 나뉘는데, 마이크로 플라스틱은 몸 밖으로 배출되기도 하지만, 나노 플라스틱은 위나 내장 점막을 통과해 인체에 침투해서 문제를 일으킨다. 조직에 염증을 일으키거나 생식 능력과 폐 기능을 저하시키기도 하는데, 미세 플라스틱에 독성 물질들이 접착해서 인체에 들어오면 더 심각해진다고 한다. 미세 플라스틱이 인체에 미치는 해악은 아직 일부밖에 밝혀지지 않았고, 미세 플라스틱을 걸러내는 기술도 개발조차 되지 않았다.

일회용품 중독을 끊어내야 한다. 커피 중독인 나는 텀블러를 가지고 다닐 때가 많지만, 어쩌다 테이크아웃 컵을 사용할 때마다 마음이 불편하다. 우리 시대의 풍요로움에 취해 대들보가 썩는 것도 모르는 격이다. 1년에 전 세계에서 생산되는 종이컵은 2,000억 개가 넘는다. 대규모 삼림 벌채의 원인이 되기도 한다. 생산 과정에서 온실가스가 발생하는 것은 물론이다.

게다가 종이컵은 코팅이 되어 있다. 보통 고밀도 폴리에틸렌

HDPE 플라스틱 필름으로 코팅 처리를 하는데, 뜨거운 음료를 담으면 열화 현상으로 15분 만에 2만 5,000개의 미세 플라스틱이 음료 속으로 방출된다. 뿐만 아니라 필름 열화로 인해 불소, 염화물, 황산염, 질산염 등의 이온도 음료에 녹아들어 내분비계 장애를 일으키고, 여성의 경우 고혈압, 남성은 전립선암 위험을 높인다. 그것은 다음 세대에도 대물림되어 유전적 영향을 미친다. 종이컵의 95%는 재활용되지 않는다.

사실 이 모든 문제의 근본 원인은 인구 과잉이다. 스탠퍼드대학교 연구팀이나 진화생물학자 폴 얼리크의 연구에서 지구의 적정 인구는 15억~20억 정도라는 결과가 나왔다고 한다. 지금은 적정 인구의 400%를 지구가 감당하고 있는 것이다. 〈어벤져스〉의 빌런 타노스에게 감정 이입이 될 것 같다.

타노스는 고향 '타이탄'이 인구 증가와 자원 고갈로 멸망하자 같은 비극을 막으려면 인구의 절반을 없애야 한다고 주장하면서 인피니티 스톤들을 모은다. 환경 보호와 기후 운동에 매진하고 있는 제임스 카메론 감독도 타노스에게 공감할 수 있다고 말했다. 댄 브라운의 소설『인페르노』에는 인류의 미래를 걱정하는 천재 과학자 버트란드 조브리스트가 불임 바이러스를 퍼뜨려 인구를 급속도로 줄이려고 하는 시도가 나온다.

하지만 인구수를 인위적으로 조절하는 것은 불가능하다. 마침 저출산이 심각한 사회 문제로 대두되고 있는 우리나라 상황에 대해 최재천 교수는 "전 지구적으로 합의를 이룰 수 있다면 오히려 인구가 서서히 줄어들면 지구는 훨씬 더 살기 좋은 행성이 될 것."이라는 의견을 내놓기도 했다.

어쨌든 지금은 지구에 인구가 너무나 많다. 그 많은 인구를 역으로 이용해서 문제를 해결해보자. 작은 행동 하나가 어마어마한 숫자로 모이면 엄청난 결과를 만들어낸다. 80억 명이 일회용 컵 하나씩 버리면 일회용 컵 80억 개가 지구에 버려진다. 반대로 하나씩 안 쓰면 80억 개를 아낄 수 있다. 80억 명이 옷 한 벌씩 안 사면 80억 벌 만드는 데 필요한 자원과, 80억 벌에서 나오는 미세 플라스틱과, 80억 벌 폐기할 때 나오는 온실가스를 줄일 수 있는 것이다.

냉소적인 자들은 기후 위기에 개인들이 움직여봤자 별 소용없다고 비웃는다. 텀블러를 쓴다고 무슨 도움이 되겠냐고, 기업과 정부가 나서지 않는 한 무슨 유의미한 변화가 있겠냐고.

"한 사람 한 사람이 매일 선택할 때 윤리적인 선택을 한다면 희망이 있습니다."라는 제인 구달 박사의 말을 기억하자. 카이스트 과학기술정책대학원 스콧 놀스 교수도 "정치인에게 기대하지 말고 시민이 먼저 나서야 한다. 거대한 사고의 전환은 몇몇 지도자가 아니라 보통사람들이 이끌어내는 것이다. 한국도 촛불집회를 겪으며 아래로부터의 변화가 이뤄질 수 있다는 것을 경험하지 않았나? 나와 다음 세대의 미래를 위해 우리 모두 스스로를 교육하고 행동할 책임이 있다."라고 말했다.

앞에서 말한 것처럼 집단의 힘은 결코 작지 않다. 집단의 힘을 무시하지 마라. 우리나라만 해도 전 인구가 빨대를 하나씩만 버려도 5,000개가 넘는다. 의식 있고 행동하는 개인이 많아질수록 주변 사람들의 인식이 바뀌고 사회 분위기가 달라진다. 일단 기후와 환경에 무관심한 사람들이 쪽팔리도록 사회 분위기를 만들어야 한다. 일회용 컵을 들고 다니는 행동이 쪽팔리도록 만들어야 한다. 매달 새 옷을 사는 행동이 쪽팔리도록 만들어야 한다. 배기량이 큰 내연기관 자동차로 부릉부릉 다니는 행동이 쪽팔리도록 만들어야 한다.

그리고 정부와 기업이 움직이게 만들어야 한다. 다행인 것은 민주주의, 자본주의 세상은 대중의 움직임을 따라 움직인다는 것이다. 개인들이 현명한 소비를 하고 좋은 기업, 잘하는 기업을 지지해야 한다. 기후와 환경 문제에 관심을 가지고 정책화하는 좋은 정치인과 정당에 투표해야 한다. 무식하고 탐욕스런 자들이 다시는 인류의 미래에 대한 결정권을 쥐게 만들어서는 안 된다. 유권자와 소비자를 조종하려는 나쁜 정치 세력과 기업의 작전에 속지 않도록 지혜로운 유권자, 소비자가 되어야 한다.

인류가 지구를 정복할 수 있었던 가장 큰 힘은 협력과 이타성이다. 이제 지구를 멸망의 위기에서 구할 방법도 협력과 이타성이라는 점을 잊지 말자.

그리고 조금 가난해질 수 있음을 받아들여야 할 것 같다. 덜 만들고, 덜 사고, 덜 쓰고, 덜 먹고, 덜 버리고, 그래서 덜 부유하고, 덜 풍요롭고, 덜 편하게 사는 것도 각오해야 할 것 같다. 생존을 위해서. 그러니 잘 생각하자. 잘사는 것보다 일단 살아남아야 하지 않겠나?

우리는 역사상 가장 풍족하고 안전하며 건강한 시대를 살고 있다. 그런데 이런 방식으로 계속 번영을 누릴 수 있을까? 지구는 하나뿐이고 자원도 한정되어 있는데. 대기과학자 조천호 박사는 "오늘날 기후 위기는 욕망의 과잉 때문에 발생한 것."이라잘라 말한다. 대량 생산, 대량 소비에 기반을 둔 소비 자본주의가 확산된 1950년대부터 기후 위기가 본격화된 것이 그 증거다.

『사피엔스』의 저자 유발 하라리에 따르면 석기 시대 인간한 명이 하루에 음식과 주거 등을 위해 쓰는 에너지의 총량은 4,000kcal였다. 그런데 우리는 22만 8,000kcal를 사용한다. 인간 한 명이 옛날보다 지구의 자원을 57배나 많이 쓰고 있다는 것이다. 인구는 2,500년 전과 비교해 80배가 늘었다. 그렇다면 우리가 쓰는 에너지의 양은 과거의 4,560배나 된다.

글로벌 생태발자국 네트워크GFN는 2018년 기준으로 전 세계 생산과 소비를 유지하려면 지구가 1.7개 필요하다고 발표했다. 특히 우리나라는 세계에서 세 번째로 자원을 많이 쓰고 있어서, 전 세계가 우리나라처럼 소비를 하면 지구가 3.5개 필요하다고 한다. 달에도 못 가는데 어디서 지구 2.5개를 구해 올 생각인가?

자본주의는 성장지상주의다. 미국 경제학자 사이먼 쿠즈네츠의 말처럼 "성장은 모든 배를 뜨게 하는 밀물"이라는 믿음을 기반으로 한다. 경제 지표가 조금만 안 좋아지면, 아니 정체만 되어도 세상이 망할 것처럼 호들갑을 떤다. 계속해서 성장하기 위해 더 많은 자원과 에너지를 쓰고, 생산, 유통, 소비, 폐기의 과정에서 온실가스와 쓰레기, 오염 물질 배출도 기하급수적으로 늘어나게 된다. 이런 시스템에 메스를 대야 지구를 살리고 인류를 구할 수 있다.

김용택 시인은 "사람이 이러면 안 되는데 생산과 소비의 겸허를 잊었다."라고 했고, 쇼펜하우어도 "부는 바닷물과 같아서 마시면 마실수록 더욱 갈증이 난다."라고 말했다. 법정 스님의 말씀도 들어보자. "우리는 필요에 의해서 물건을 갖지만, 때로는 그 물건 때문에 마음이 쓰이게 된다. 무엇인가를 갖는다는 것은 다른 한편 무엇인가에 얽매이는 것. 많이 갖고 있다는 것은 그만큼 많이 얽혀 있다는 뜻이다."

불편을 감수하며 적게 사고, 적게 쓰고, 적게 갖자. 더 적은 자원을 사용하고, 더 적은 에너지를 사용하고, 더 적은 탄소를 배출하고, 더 적은 쓰레기를 버리자. 여름엔 조금 더 덥게, 겨울엔 조금 더 춥게, 조금 더 걷고, 조금 덜 먹고, 조금 덜 멋 부려도 살 수 있다.

시간이 없다. 노자는 '천지불인天地不仁'이라 했다. 프란치스코 교황께서도 "신은 항상 용서한다. 인간은 가끔 용서한다. 그러나 자연은 절대 용서하지 않는다."라고 경고했다. 지구는, 자연은 모든 생명을 멸종시킬 수 있는 능력을 가지고 있다. 냄비 속의 개구리처럼 죽어갈 것인가?

이 아름답고 창백한 푸른 점 위에서 호모 사피엔스로 생존하기 위해 나는 변할 것이다. 말할 것이다. 행동할 것이다. 그리고 결국 "우리는 길을 찾을 것이다. 언제나 그랬듯이We will find a way.

We always have."

원고를 다 썼는데 일본이 핵폐수를 바다에 버리기 시작했다. 다 집어 던져버리고 싶었다. 이것은 지구를 향한, 인류를 향한 테러다. 우리 아이들, 손자들을 위해 지금이라도 무슨 수를 써서라도 막아야 한다. 절박한 마음에 다시 촛불을 들겠다.

모두의 바다에 독을 푼 일본과 거기에 동조한 자들은 천벌을 받을 것이다.

| 읽어볼 만한 책 |

『지구는 괜찮아, 우리가 문제지』 – 곽재식

『두 번째 지구는 없다』 – 타일러 라쉬

『기후 책』 – 그레타 툰베리

『텀블러로 지구를 구한다는 농담』 – 알렉산더 폰 쇤부르크

『치명적인 독, 미세 플라스틱』 – 매트 사이먼

『플라스틱 테러범』 – 도로테 무아장

『나는 풍요로웠고 지구는 달라졌다』 – 호프 자런

『옷을 사지 않기로 했습니다』 – 이소연

『고기는 절반만 먹겠습니다』 – 브라이언 케이트먼

〈먹다 버릴 지구는 없다〉, 〈옷을 위한 지구는 없다〉,

〈여섯 번째 대멸종〉, 〈씨스피라시〉

타이니 리틀 히어로즈

발단은 엄마의 죽음이었다.

열한 달 동안 고통스럽게 투병하다 허망하게 떠난 것이 신학교 3학년 때다. 그 후로 1년 동안 신에게 죽도록 매달렸다. 아무런 대답이 없었다. 그전까지 신과 나 사이에는 소통이 있었다. 나는 결론을 내렸다. 신은 인간에게 무관심하거나 무능하거나, 둘 중 하나라고. 결국, 믿음을 버렸다.

하지만 나는 이상주의자였다. 계속해서 아름다운 세상을 꿈꿨다. 신의 개입이 없다면 사람이 사람을 도와야 한다는 결론에 이르렀다.

'사람이 사람을 도와야 한다.'

이것이 나의 개똥철학이 되었다. 그때부터 골똘히 생각에 잠겼다. 사람이 사람을 도와야 한다는 생각은 막연히 '세상을 바꾸고 싶다'는 욕망으로 확대되었다.

세상을 바꾸는 거인들이 있다. 흔히 새로운 기술을 발명한 혁신적인 기업가들을 떠올린다. 하지만 나는 그들이 만드는 변화를 꼭 긍정적으로만 보지는 않는다. 그들로 인해 우리가 조금 더 빨라지고 편해졌을지 모르지만, 정작 자원은 고갈되고 지구는 병들고 사람들의 정신은 피폐해졌다. 첨단 기술의 이기를 누리는 지금 빈부 격차는 더 심해졌고, 우리가 더 행복해졌다고 단언하지 못한다. 게다가 기술 발전의 결과 기후 변화와 환경 파괴는 우리의 생존까지 위협하고 있다.

이제 누가 세상을 구할 것인가? 어벤져스는 어디 있나?

역사의 변곡점마다 세상을 바른 방향으로 이끈 것은 언제나 군중이었다는 것을 우리는 안다. 지금도 세상을 바꾸는 데 필요한 것은 슈퍼 히어로가 아니라 수많은 타이니 리틀 히어로들인 것이다. 앤트맨 말고 이름 없는 수많은 앤트들 같은.

그럼 타이니 리틀 히어로들이 세상을 바꾸려면 어떻게 해야 할까? 자기 삶을 잘 살면 된다. 그런데 결과적으로 세상과 이웃에게 보탬이 되는 삶을 살아야 한다. 평생을 100점 만점 기준 절대평가 교육 체계 속에서 무엇이든 점수를 매기는 데 익숙해졌으니 점수로 얘기해보자. 한 사람의 인생에 점수를 매긴다면?

그런데 이건 0~100점이 아니라 마이너스 100부터 플러스 100까지로 매긴다. 대다수 평범한 사람, 보통 가정에서 태어나서 평균적인 교육을 받고 평생 직장생활하면서 가정을 이루고 아이를 낳고 노년을 보내다 세상을 떠나는 정말 평균적인 인생을 0이라고 하자. 거대한 우주의 관점에서 봤을 때 있어도 그만, 없어도 그만인 인생인 것이다. 이 0점 인생이 대부분 아닐까?

사기를 치거나 흉악 범죄를 저지른 사람, 자연과 환경에 테러를 한 사람의 인생은 마이너스다. 마이너스 1이든 마이너스 100이든 마이너스면 태어나지 않았으면 좋았을 인생인 것이다. 반대로 테레사 수녀, 〈울지 마 톤즈〉 이태석 신부, 소록도 천사 마가렛 수녀, '밥퍼' 최일도 목사처럼 높은 뜻, 숭고한 정신, 강한 의지를 가지고 평생을 바쳐 선한 일을 하는 위대한 사람들은 플러스 100이다.

문득 게이지gauge가 떠올랐다. 가스나 유체의 양, 압력을 표시하는 게이지. 이렇게 한 사람의 인생 전체 점수를 나타내는 것을 '인생 게이지lifetime gauge'라 해보자.

세상을 떠날 때 평생 쌓이거나 깎인 점수를 합산하면 내 인생의 게이지는 몇을 가리키고 있을까? 나는 세상 모든 사람이 단 1이라도 플러스가 되는 삶을 산다면 세상이 바뀐다고 믿는다. 우리 같은 보통사람들이 의식을 가지고 조금이라도 플러스가 되게 살아야 한다.

　　그런데 100년이나 되는 인생을 살면서 "나는 플러스가 되게 살 거야." 하고 일관된 삶을 사는 것은 우리 같은 보통사람들에겐 힘들다. 너무나 거대한 목표다. 쪼개기가 필요하다.

　　쇼펜하우어가 『인생론』에서 "하루는 작은 일생이다. 우리는 하루를 살면서 또 인생을 미리 사는 것이다."라고 했던 것처럼 일단 하루만 생각하자. 매일매일 '하루 게이지daily gauge'를 염두에 두고 살자는 것이다. 오늘 하루 나의 삶은 플러스인가 마이너스인가? 하루하루 조금씩이라도 플러스가 되는 삶을 산다면 생을 마감할 때 인생의 게이지도 물론 플러스가 될 것이다. 이것을 '데일리 게이지 무브먼트daily gauge movement'라 부르면 어떨까?

　　그런데 사람은 자신에게는 엄격하기가 힘들어서 좋은 일을 했을 때는 20점을 매기고 안 좋은 일은 2점만 빼는 식으로 형평이 맞지 않을 수도 있다. 안다, 기준이 모호하다. 하지만 명확한 기준이란 애초에 없다. '나의 이 행동이 세상과 이웃에게 조금이라도 도움이 될까?' 하는 누구나 보편적 도덕률을 가지고 있어 선악은 분별할 수 있으니 조금이라도 도움이 된다면 플러스, 별 의미 없으면 0, 안 좋은 영향을 미치면 마이너스로 매기자. 크기는 각자 기준을 세워보자.

본질은 이런 개념을 가지고 사는 것만으로도 세상이 바뀐다는 것이다. 10이든 20이든 하다못해 5라도 플러스 되는 삶을 산다면, 1이라도 플러스 되는 삶을 산다면, 세상을 바꿀 수 있다. 이렇게 하루하루 세상에 선한 영향력을 끼치며 살아가는 여러분이 작은 영웅들, 타이니 리틀 히어로들이다.

우리 곁에는 이미 타이니 리틀 히어로들이 많다. 2007년 겨울 태안에서 원유 유출 사고가 나서 시커먼 기름이 그 아름다운 서해안을 뒤덮는 환경 재앙이 터졌을 때, 전문가들은 생태계가 복원되는 데 최소 10년, 최장 100년이 걸릴 것이라 했다. 그런데 연인원 130만 명이 넘는 자원봉사자들이 달려가서 돌 하나하나를 닦고 기름을 제거했다. 태안은 단 2년 만에 살아났다.

동해안에 큰 산불이 났을 때 전국에서 소방차를 몰고 달려간 소방관들과, 코로나19 초창기에 죽음의 공포가 뒤덮힌 대구로 달려간 500여 명의 의료진도 기억한다. 바다에 떨어진 차에 뛰어들어가 사람들을 구하고 홀연히 사라진 사람, 길에서 심장마비로 쓰러진 사람을 CPR로 구한 사람, 1년 용돈을 모아서 파출소 경찰관들에게 간식을 전해준 초등학생도 있었다.

지금도 곳곳에서 기부와 자원봉사로 선한 영향력을 끼치는 수많은 히어로들이 있다. 이런 것들을 다음 세대에게 가르치는 것 역시 분명 의미 있는 일이다. 당신의 자녀에게 플러스가 되는 삶을 전수하라. 내가 이런 글을 쓰고 다른 사람들에게 알리는 것도 나의 게이지에 플러스로 쌓일 것이다.

『휴먼카인드』의 저자 뤼트허르 브레흐만은 "호모 사피엔스가 다른 모든 생물종을 이기고 지구를 지배하게 된 슈퍼 파워는 똑똑함이나 강함이 아니라 친근함과 협력."이라고 했다. 이제 우리 마음속에 데일리 게이지를 하나씩 설치해두고 슈퍼 파워를 발휘해보자. 진짜 작은 행동 하나씩만 해보자. 뭐든지! 뭐든지! 정말 뭐든지 하자! 하는 것이 중요하다! 산다는 것은 살아지는 것이 아니다. 삶의 주인으로서 주체적으로 움직여야 한다. 제인 구달도 "희망은 생각이 아니라 행동에 있다."라고 했다.

무거운 짐을 든 사람을 도와주는 것, 버스나 지하철에서 노약자나 임산부를 위해 자리에서 일어나는 것, 구걸하는 사람에게 얼마라도 내어주는 것, 유니세프에든 세이브 더 칠드런에든 그린피스에든 매달 조금씩이라도 기부하는 것, 봉사의 기회가 있을 때마다 달려가는 것, 요즘 유행하는 플로깅이 아니더라도 쓰레기 하나라도 줍는 것, 플라스틱 사용을 줄이는 것, 일회용품을 쓰지 않는 것, 쓰레기 하나하나 신경 써서 분리수거하는 것, 목적 없는 소비를 줄이는 것, 좁은 길에서 차가 맞닥뜨렸을 때 내가 먼저 후진해 주는 것, 뒷사람을 위해 문을 잡아주는 것, 무심한 듯한 칭찬이나 사소한 격려 또는 작은 위로를 전하는 것, 하다못해 주변 사람에게 살짝 미소 띤 얼굴로 인사하는 것도 모두 내 데일리 게이지에 플러스로 쌓인다. 1점씩, 2점씩 쌓이면 세상을 변하게 만드는 슈퍼 파워가 된다.

나아가 원료와 생산 과정, 포장, 판매 과정에서 환경 문제에 적극적으로 대응하고 사회적 책임을 다하는 기업의 제품을 선택하는 것, 그렇지 않은 기업은 불매하는 것, 더 나은 세상을 위해 광장에 모여 촛불을 드는 것, 세상과 사람을 위하는 진정성 있는 정치인과 정당을 선택하는 것과 환경과 기후 위기에 의지를 가지고 대처하는 정당에 투표하는 것도 모두 사람을 돕고 지구를 살리는 영웅적인 행동이다.

세상에는 소시오패스, 사이코패스, 범죄자, 사기꾼, 양아치, 양심이 없는 자들이 너무 많다. 이웃이 어떻게 되든, 세상이 어떻게 되든 관심 없는 사람은 더 많다. 그래서 우리, 뜨거운 양심을 가진 작은 영웅들의 연대가 더 절실한 것이다. 프란치스코 교황은 "당신이 시작하면 세상도 시작합니다."라고 하셨다. 나부터 매일 매일 조금만 더 친절한 사람, 조금만 더 따뜻한 사람, 조금만 더 나은 사람이 되자.

하루를 마감할 때 데일리 게이지의 플러스 눈금을 보고 잠들자. 나는 이렇게 작은 행동 80억 개가 모이면 어마어마한 일이 일어난다고 믿는다. 작은 영웅들의 데일리 게이지가 1만큼씩 플러스로 움직이면 어마어마한 일이 일어난다고 믿는다. 세상을 바꿀 수 있다. 인간성을 회복하고 지구를 살릴 수 있다. 우리 손자들이 미래를 걱정하지 않고 살게 할 수 있다.

나는 믿는다. 지구는 슈퍼 히어로가 구하는 것이 아니다.
지구는 타이니 리틀 히어로들이 구하는 것이다,
바로 당신 같은.

"세상은 영웅들의 거대한 추진력에 의해서만이 아니라,
성실한 일꾼들의 조그만 추진력이 합쳐져서도 움직인다."
– 헬렌 켈러

에필로그

~~~~

오십이 되었습니다.

저의 40대는 몰아치는 폭풍 같았습니다. 암 수술과 두 번의 결혼, 아버지와의 절연, 가장 가까웠던 친구의 배신, 이직 등…. 쉴 틈 없이 몰아치는 사건들에 정신을 차릴 수가 없었답니다. 막연히 오십쯤 되면 모든 것이 느려지고, 편해지고, 넉넉해질 줄 알았습니다. 그런데 오히려 마음이 급해지고 심지어 절박해지기까지 하는 이유는 무엇일까요? 아마도 경험이 쌓이고 세상을 보는 시야가 넓어지면서 여러 위기가 보이기 때문인 것 같습니다.

제 눈에 보이는 위기는 인간성의 위기와 인간종의 위기입니다. 아마도 저와 같은 마음인 분들이 많으실 것입니다. 이런 위기가 제 삶뿐만 아니라 제 딸을 포함한 다음 세대의 삶에 너무나 막대한 영향을 끼칠 것이기에 더 절박해집니다. 이런 절박함 때문에 한 번이라도 더 이야기하고, 한 글자라도 더 써야겠습니다.

저는 이상주의자입니다. 아내가 가장 마음에 들지 않아 하는 점입니다. 나이 오십이 되도록 현실주의자가 못 되다니. 하지만 전 아직도 아름다운 세상을 꿈꿉니다.

저는 공상주의자입니다. 오해하지 마세요. 공산주의자가 아니라 공상주의자. 나이 오십이 되도록 공상이라니. 하지만 전 아직도 어벤져스 같은 슈퍼 히어로들이 나타나 세상을 구하는 상상을 합니다. 평범한 모습으로 우리들 사이에 섞여 있다가 지구에 위기가 닥치면 멋지게 등장해서 우리를 구해줬으면 좋겠습니다. 그게 과학자일 수도 있고, 정치가일 수도, 아니면 쇼호스트일 수도 있겠지요.

그런데 나이를 먹으면서 세상을 바꾸는 것은 슈퍼 히어로가 아니라 한 사람 한 사람의 작은 영웅들tiny little heroes이라는 것을 깨달았습니다. 한 사람 한 사람에게는 큰 능력이 없지만 우리에겐 머릿수가 있습니다. 저마다 각성하고 함께 행동하면 우리 모두가 세상을 구하는 영웅이 될 수 있습니다.

책을 마무리하는 중에 지구 평균기온이 1.45도 올랐다는 기사가 나왔습니다. 마지노선인 1.5도까지 겨우 0.05도 남았다고 합니다. 시간이 얼마 없습니다. 수많은 작은 영웅이 세상을 구하러 나설 때입니다.

2024년 봄, 강동섭

세상은 보통사람들의 힘으로 움직인다!

타이니 리틀 히어로즈

1판 1쇄 발행 2024년 4월 5일

지은이 강동섭
펴낸이 이수정
펴낸곳 북드림

교정교열 김재철, 심은정
표지디자인 디자인 경놈
본문디자인 슬로스

등록 제2020-000127호

주소 경기도 남양주시 다산순환로20 C동 4층 49호
전화 02-463-6613 | **팩스** 070-5110-1274
도서 문의 및 출간 제안 bookdream@bookdream.kr

ISBN 979-11-91509-48-9 (03810)